新潮文庫

鯉姫婚姻譚

藍銅ツバメ著

新潮社版

12002

目次

鯉《こい》姫《ひめ》婚《こん》姻《いん》譚《たん》

猿《さる》婿《むこ》

「ね、おたつね、孫一郎《まごいちろう》と夫婦になってあげようと思うの。嬉《うれ》しいでしょう」

おたつは池のふちに腕をもたせ掛けたまま無表情に言い放ち、水中で長い尾鰭《おひれ》を見せびらかすように揺らしている。孫一郎はゆったりとした動きで近くの庭石に座りながら口を開いた。

「ううん、そりゃ嬉しいけどねえ。ちょいと歳《とし》が離れすぎていやしないかい。こう見えてあたしももう二十八だし」

「歳なんて関係ありやしないわ」

事も無げな様子のおたつは、上半身だけなら十をやっと越えたくらいの尋常《じんじょう》な童女に見えるが、その腰骨から下は鯉《こい》のような尾鰭がつき、純白の鱗《うろこ》が並ぶ地に鮮やかな緋盤《ひばん》がいくつも浮かんでいる。孫一郎はため息を吐《つ》いた。

「でもねえ、人と鯉じゃあ夫婦にはなれないよ」

「どうして？」

おたつが首をかしげると、真っすぐな長い髪が水面《みなも》を揺らす。そうしてできた波紋《はもん》が広がっていくのを眺めながら、孫一郎は答えた。

「どうしてもさ。おたつはほら、立派な尾鰭があるだろう。そんな綺麗《きれい》な尾鰭を持ったお嬢さんは鱗の一つも持ってないぼんくらと夫婦になろうなんて情けないことは思わないもんなんだよ。いずれ立派な鰓《えら》のついた若者と見合いでもさせてやるからそれまで待ちなさい」

「いやよ。孫一郎にする」

会って十日程しか経《た》たないというのに懐《なつ》かれたものである。夫婦というものがよくわかっていない節もあるが。

夫婦、夫婦か。孫一郎にだって、嫁を貰《もら》って遊んでばかりもいられなくなり、柄《がら》にもなく父の商売を真面目《まじめ》に手伝った頃があった。哀しいかな商才のなさを露呈させて店に大損害を出し、おまけに母と妻の仲を取り持つこともできず、愛想をつかした妻が出ていく結果に終わっただけだったが。

膝《ひざ》の上に頬杖《ほおづえ》をつき、こめかみを指先で小さく叩《たた》く。折角お役御免になり気楽な若隠居となったのだから、苦い思い出を振り返るのは止《や》めよう。父が他界して早々に優秀な弟が跡を継ぐことが決まったのだからもう何の心配もいらないのだ。自分にしては頑張った方だと思うし、ここからはせいぜい余生を楽しませて頂こう。

暖かな日差しの下、緩やかな風が庭の木々を揺らしている。薄く色づいた桜の花びらが孫一郎の目の前を舞い落ちていく。句でも詠《よ》むのに都合がよさそうな住処《すみか》だ。囲碁仲間でもいれば、呑気《のんき》なご隠居らしい穏やかな暮らしができるだろう。少々刺激に欠ける生活になりそうだが一文の稼ぎもない半端《はんぱ》者には贅沢《ぜいたく》すぎるくらいだ。当面の間は誰にも迷惑をかけず大人しく過ごそう、と思っていたのだけれど。孫一郎は欠伸《あくび》を一つして、気の抜けた声で問いかけた。

「なんだってそう、急に夫婦だなんだと言い出したの」

「大八郎《だいはちろう》が言ってたのをね、思い出したの」

「おとっつぁんが？　なんて」

「孫一郎を頼むって」

父にも困ったものだ。この屋敷を遺《のこ》してくれたのはありがたいし、庭の池に人魚が棲《す》んでいると遺言書のどこにも書いていなかったのもまあ良しとするが、気軽に息子の行く末を人魚に託すのはやめて頂きたかった。そもそも父は、どうして人魚などという本当に存在するかどうかも怪しい生き物を庭の池で飼いはじめてしまったのか。初めておたつを見た時は流石《さすが》に信じられなくて気付かなかったことにしようかと思った。はからずもその人魚に話しかけられてしまったのでもう仕方がないが。

とにかく今更誰かと真剣に関係を持つなんて面倒でやっていられない。今後は深い繋《つな》がりなど持たずに適当に生きていこう、と本気で思っているのだ。夫婦などもう考えられない。

「おとっつぁんが言ってたのは、そういう意味じゃないと思うんだけどねえ」

「じゃあなんだっていうの。夫婦になればずっと一緒にいられていつまでも幸せに暮らせるんでしょう。鉢《はち》かづきだってそうだったわ」

「ふうん、鉢かづき姫は知ってるんだねえ。姉《ねえ》や婆《ばあ》やが話してくれたのかい」

「さあ、誰にきいたかなんて、忘れちゃったわ。お話をきくのは好きだけど」

昔はこの屋敷にももっと人がいたらしいが、今はおたつと老女中と孫一郎しかいない。

孫一郎は頭の中で鉢かづきの物語をなぞりながら、手の甲に顎《あご》を乗せた。

「でもねえ、鉢がとれた鉢かづきは結局ただのお姫様だったから。所詮《しょせん》は人と人だったから、宰相の御曹子と夫婦になって幸せになれたのさ。これが人と人じゃないものだったら、お話の結末は酷《ひど》いものになっちまうもんなんだよ」

「酷いって、どんなふうに」

「そうだねえ……昔、猿と夫婦になった娘がいたそうだけど。そんな話をきいたことはあるかい」

おたつは小さく首を横に振った。まあ鉢かづきと比べれば有名な話ではないからな、と思っている間に、おたつは池の縁に両手を揃《そろ》えて置き、黒目がちの目でじっと見上げてきた。その瞳にたじろいで、孫一郎は問いかける。

「なに、どしたの。急にお行儀よくなっちゃって」

「だって。してくれるんでしょ、その話。早く。言ったでしょ、お話をきくのは好きなの」

今度はお行儀悪く水面を尾で叩いて催促してくる。そうして乱される透明な水の上を浮かんだまま、白く小さな花びらがいくつも流されていった。

御伽話《おとぎばなし》が得意だと自負したことはないのだが、こう強請《ねだ》られては仕方ないか。それにこの話の悲しい結末を知れば、夫婦になろうなどという考えを変えてくれるかもしれない。

「それじゃあ、一つお話ししてあげよう」

孫一郎は膝の上で手の指を組み合わせる。話が始まると見て取ったおたつは、振り上げかけた尾を静かに水中におさめ、期待に満ちた表情で孫一郎を見つめた。

△△△

「父《と》っつぁま、姉《あね》さ達に何言ったんだ？　随分怒っとったぞ」

「ああ……おすみ」

かなり弱った様子の父親は、そう末娘の名前を呼ぶと、また薄っぺらい夜着《よぎ》を被《かぶ》りなおして床《とこ》に体を伏せてしまった。

おすみは苛々《いらいら》とした態度を隠しもせず、その夜着を引き剝《は》がしにかかる。

「ほら、いつまでも床にくっついとったって腰は治らんぞ。茶を淹《い》れたからさっさと飲め」

父の身体《からだ》を引き起こし、その手に欠けた茶碗《ちゃわん》を握らせた。

父親は無言で色の薄い茶の水面を眺めたかと思えば、ちらちらとおすみの顔を見上げたりして一向に茶碗に口をつけようとはしない。おすみは膝立ちで腕を組み、父を睨《にら》みつけた。

「言いたいことがあるならはっきり言え」

「うん……あのな。腰が痛《いて》えんだ」

「そんなのいつものことだろ」

「いや……今朝はな、豆の種を蒔《ま》かんといかんかった」

「それで腰を酷くしたんか。だが蒔き終わったんだろ」

「それがな、半分も終わらんうちに一歩も動けんようになって。それでな、言うてしもうたのよ。誰か替わってやってくれりゃ、三人いる娘の一人くらいは嫁にやるんじゃがなあ、と。そしたら猿が現われて」

「もう喋《しゃべ》らんでいい。だいたい解《わか》った」

猿の嫁になれと言われたのでは、姉達が怒るわけである。

「バケモンのような大猿じゃった……約束を守らんかったら何をされるか」

このところ猿が村の周辺をうろついているという噂《うわさ》は聞いていた。あんな大猿が暴れたら太刀打ちできないと、村の者は皆怯《おび》えているようだ。

「解った。俺が嫁にいってやる」

おすみがそう言うと、父は目を見開いて茶碗を強く握りしめた。茶の水面が細かく揺れている。

「おすみ……本気か。山菜を取りに行けと言ったんじゃないぞ」

「くどい。いくといったらいく」

「ああ、儂《わし》が娘を大事に育ててきたのは猿にくれてやるためではないというのに……」

「自分でくれてやると言うたのだろう。諦《あきら》めろ」

おすみは尚《なお》もぶつぶつと呟《つぶや》いている父親を残して部屋を出ると、ぴしゃりと襖《ふすま》を閉めてしまった。

そのままの勢いで家を出ると、目の前に広がる畑を見つめる。今朝方父親がここに種を蒔きそこなったせいでおすみの命運は大きく変わってしまったのだ。

猿はどこから来たのだろう。あちらの山だろうか。その山に自分は嫁いでいくことになるのか。

おすみがぼんやり夕焼けに染まっていく山々を眺めていると、二つの人影がそろりそろりと近づいてきた。

「なんだ、姉さ。そんな遠くから」

「おすみ、お前。本当に猿の嫁になる気か？　やめとけ。父っつぁまが妙な約束したのが悪い」

「そうだそうだ。父っつぁまが半殺しにされればいいだけの話だ」

一気に駆け寄ってきた姉二人が、肩を怒らせて口々に言う。とめどなく溢《あふ》れてくる父親への悪口を聞きながら、おすみはふっと口元を緩めた。

「人身御供《ひとみごくう》にされて笑う奴があるか」

人身御供。はっきり言葉にされると身も蓋《ふた》もないが、きっと父もそう思っているのだろう。卑怯《ひきょう》で臆病《おくびょう》な質《たち》の父は、それを口にはしないだろうが。

おすみは笑いを噛《か》み殺す。何年も家族をやっているというのに、父も姉もまったくおすみのことを理解していないようだ。まあ、そんな呑気な家族だからこそ、自分がやらねばと思うのだが。

「父っつぁまも姉さも何の心配もせんでええ」

おすみは姉に背を向け、山々の稜線《りょうせん》に沈んでいく夕日を覗《のぞ》き込むように背伸びをする。

そして落ち着いた声で言った。

「猿は俺が殺してやる」

確かに化け物のような大猿だった。

村のどの男よりも大きな猿が、人のように服を着て背筋を伸ばして歩いている。見た目通り力は強いようで、大きな花嫁道具の包みを担《かつ》ぎ、山を登っていく足取りに揺るぎはない。

「疲れたかい、休もうか」

突然猿が振り返ったから、おすみは少々面食らった。猿に気遣いなんかできるのか。平静を装《よそお》って首を振り、何とか言葉を返す。

「いんや、もうちょっとで着くんだろう。このまま進んでくれ」

「疲れたら言うんだぞ。そうだ、担いで行ってやろうか」

赤い猿の顔が歪《ゆが》み、人と同じ口の動きで言葉を紡《つむ》ぐ様《さま》は無性に気味悪かったが、おすみは屈託なく笑って見せた。

「何を言う。俺の荷物だけでもそんな有様なのに、更に重い荷を負わせられるか」

「重いもんか。大事な花嫁の脚を傷《いた》めるくらいなら、なんだって負ぶってやる」

「いいから前を向いて歩け」

調子が狂う。恐ろしい大猿が脅してきたと父が言うから決死の覚悟で嫁に来たというのに、この丁重な扱いは何だろう。

窮屈そうな着物に包まれた猿の毛はみっしりと詰まって雪の一片《ひとひら》も通らなそうだ。早く殺さなければならない。早く殺して、山を下りなければ。珍しい大猿の毛皮はきっと高く売れることだろう。

山道の木々の葉が赤い。猿のねぐらとはどんなものだろう。猿と同じ暮らしで人が山の冬を越せるだろうか。

そう、思っていたのだが。山の上について、おすみは驚いた。

しっかりとした茅《かや》ぶき屋根の家がある。猿がずんずんと入っていくのについていけば、家の中も綺麗なものだった。

戸を開ければ土間があり、先に進めば田の字形に部屋が四つ。竈《かまど》や囲炉裏《いろり》、鍋《なべ》に包丁等、生活に必要なものが揃っている。食料の貯蔵も十分だ。

これなら何の障《さわ》りもなく冬を越せる。おすみは猿に問いかけた。

「お前さん、この家、どうしたんだ」

「ここはなあ、少し前まで木こりの爺様《じい》が一人で暮らしておったのよ。随分仲良くしてくれてなあ、言葉を教わる代わりに仕事を手伝ってやったりもしたんだが」

猿はそこで言葉を切る。一瞬目を泳がせてから続けた。

「病で亡《な》くなってしまってな。爺様は、自分が死んだら形見になんでもくれてやると言ったから、ありがたくここに住んどる」

そして猿は、ようやく花嫁道具の包みを降ろした。包みを解くと、大きな石の臼《うす》が現われる。首をひねる猿に、おすみは言った。

「俺の村では、花嫁道具には石の臼を持っていくもんなんだ」

おおそうか、と猿は竈の横に石臼を置いた。おすみはそれを見ながら小さく呟く。

「まあ、使うこともないとは思うけどな」

「いやあ、餅《もち》をつくのに必要だろう。丁度木の臼が壊れてどうしようもねえと思ってたところだ」

猿が朗らかに石臼をぽんと叩く。おすみはじっと石臼を見て、この重さはどれくらいのものだろうかと考えていた。

猿と暮らし始めて数日が経った。

その日も猿は斧《おの》を軽々と振り上げ、木に向かって打ち込んでいた。

「いつまでも落ち込んでいるわけにいかんから爺様のように木を切って、村に売りに行こうと思ったんだが」

「山から化け猿が下りてきたと、騒ぎになってしまったってことか」

おすみは猿が切った木の枝を鉈《なた》で削《そ》ぎながら、そう返した。猿は尚も、楔《くさび》形に幹を穿《うが》っていく。

「えらく悲しかったが……、いいこともあるもんだなあ、人の嫁を貰えるなんて」

猿は照れ臭そうに頭をかきながら、作業を続ける。片手だというのにまったく危なげない様子なのが、かえって怖かった。

ドッ、ドッ、と音を立てながら、木が削られていく。おすみはそれを見ながら、この斧を使って猿を殺せないかと考えた。

止めておこう。慣れない重い斧を十分に振り回すことなどできはしない。今手に持っている鉈も、少し扱いには慣れてきたが、おすみには大きすぎて使いづらい。

「おすみ、危ないからもうちょっと離れた方がええぞ」

猿がそう言ったと同時に、一抱えもありそうな木が、めきめきと音を立てて倒れた。その衝撃に地面が揺れる。

その後も猿は、何度も斧を振るい、次々と木を切り倒していく。そして時折おすみに話しかけた。

「なあ、儂も毛を刈ったら人と同じように見えないだろうか」

「いきなり何を言うんだ」

おすみは呆《あき》れたが、猿は尚も続ける。

「着るものも儂の大きさに合わせて仕立て直せば体は隠せると思うんだが」

「そんなことしてどうするんだ」

「木を売りに行くときに怖がられては困るからな。人に紛れられれば、それが一番だろう」

無理に決まっている。大猿が毛を刈ったところで、毛を刈った大猿にしか見えないだろう。

「木を麓《ふもと》まで運んでくれれば、売るのは俺がやる」

「いや、おすみがそんなことせんでも」

「夫婦ってのは助けあうものだろう。それに、物の価値を知らん猿殿では安く買いたたかれてしまいになるぞ」

「そうだろうか……そうだ、おすみ。又吉《またよし》と呼んでくれと言ったろう。せっかく爺様の名も貰ったんだ」

「その爺様ってのは、よほど変わった人だったんだろうな」

「そうか？　まあ確かに、おすみの父様よりは呑気な様子だったな。病気をするまでは足も腰も丈夫な人で……そういえば、おすみの父様は腰が悪いんだなあ、種を蒔くのにあんなに苦労するんじゃ可哀想《かわいそう》だ。一緒に暮らせたら手伝ってやれるんだが」

猿はこの数日で、何度もこんなことを提案してきた。この猿は人が好きで、一緒に暮らしたくて、人から嫁を貰ったのもそのためなのだろう。

だが無理だ。おすみは村の人々の並大抵でない怯えようを思い出す。

おすみが猿の嫁になるというのは本当か、と噂を確かめに来て、それが真実だと知った村人の同情と安堵《あんど》の表情は忘れられない。

娘を一人差し出さねば化け物が村を襲うかもしれないというのなら、それが自分の娘でないことが望ましい。それだけのことではあるのだけれど。

「そろそろ休んだらどうだ」

おすみは鉈を置くと、そう声をかけて、握り飯をいれた包みをかざした。

喜んで受け取った猿は、できたばかりの切り株に腰かける。そして、麦飯に齧《かじ》りついた。

「おすみの作った飯はうまいなあ」

「ただの握り飯だ」

大仰《おおぎょう》に喜ぶ猿にそう返して、おすみは自分も切り株に座った。おすみも食うか、と勧められて、断った。

例えばあの握り飯に、毒が仕込んであったらどうだろう。そう考えて、またすぐに否定した。

おすみには毒の知識がない。いくつか知っている茸《きのこ》の毒はどれも遅れて効いてくるものだから、早い段階で気づかれればおすみも道連れにされてしまう恐れがある。

猿が最後の握り飯を食べ終えた時、おすみは、一番簡単で確実な方法で殺そうと決めた。

その日の夜、おすみはよく研いだ包丁を持って猿の枕元《まくらもと》に跪《ひざまず》いた。

猿はよく寝ている。猿を包む夜着が、呼吸するたびに上下している。

普段は人の真似《まね》をする猿にしか見えないというのに、闇《やみ》にぼんやり浮かぶ影は人と同じ形に見えた。

体の震えを抑えるために立ち上がり、戸を開ける。半月に照らされる猿はやはり猿にしか見えなくてほっとした。

改めて猿の枕元に跪く。一撃で仕留めなければならない。しくじれば激怒した猿に殺されるのは自分のほうだ。どこを刺せばいい。狸《たぬき》一匹だっておすみは自分で殺したことはない。

それでも、無防備にさらされた喉《のど》は柔らかそうな毛に覆《おお》われるばかりで、刃先を阻《はば》む何物もなさそうだ。

静かに息を吸い、吐いて、両手で包丁の柄《え》を固く握りしめると、高く振り上げた。

そうして下ろした腕は、空中の一点で縫い留められた。

体重を乗せた一撃を急に止められて、全身が衝撃で揺れたけれど、おすみの手首を摑《つか》んだ手はびくともしなかった。

指先だけ毛に覆われていない手は黒くて、親指だけが短い。

「どうした、おすみ」

猿が殆《ほとん》ど寝ているような声で問いかけてくる。その瞬間、どっ、と汗が噴き出した。

体中が熱いのに、頭の中は凍えそうに冷え切っている。

失敗した。殺そうとして、できなかったのだから、殺される以外に道はない。

「寝惚《ねぼ》けているのか」

猿は優し気だ。どういうつもりなのだろう。殺す前に言葉でいたぶるつもりなのか。

猿の目は人の目より色が薄くて、瞳孔《どうこう》ばかり目立つから感情が読み取れない。

猿が手首を摑む力を強めた。手首がみしりと得体のしれない音を立てる。

「いっ……」

おすみが声を上げると、猿は慌《あわ》てて手を離した。

「痛かったか？　痛かったな、すまん、そんなに強く握ったつもりはなかったんだが」

猿は右手でおすみの手首を撫《な》でさすると、左手で何気なくおすみが握っていた包丁の背を摘まんで引いた。包丁はあっけなくおすみの手を離れて、畳の上に無造作に置かれてしまった。

「ああ、ごめんなあ。おすみは、人というのは弱くて……可愛《かわい》いものだなあ」

本当に愛《いと》おしそうに、目を細めておすみの手首を撫でる猿が何よりも恐ろしかった。

何を考えているのかまるで解らない。おすみは現実から逃避するように、ただ包丁を見下ろして、震えた。

「どうした、おすみ。具合が悪いのか」

猿が問いながら、おすみの見つめる先を追う。そして、そこにある包丁にようやく気付いたような顔をした。

「どうしてこんなものを持っていたんだ」

何を解りきったことを訊《き》くのだろう。もしやこの猿は、自分が殺されかけたことを解っていないのだろうか。

そんなはずはない。そんなはずはないと、思いながら。おすみは声を絞り出した。

「山の夜が……どうにも心細くて眠れない。だから月の光を刃先に集めて、お前さんの顔を見ようと思ったのさ」

猿はじっとおすみを見つめた後、悔やむような声で話す。

「そうか。慣れない山は怖かろう。そんなことも解ってやれなくて悪かった。ほら、そちら側に寝ろ。儂の顔がよく見えるだろう」

促されるままに横になる。

なるほど、この位置であれば、月に照らされる猿の顔がよく見えた。その目は相変わらず色が薄かったが、穏やかに揺れてはおすみを見ている。

そうして見つめあっているうちに、おすみの心には虚《むな》しさのようなものが広がっていく。

この猿は、やはり自分が殺されそうになったと解っていないのだ。包丁が大根だけでなく猿も切り刻める道具だなんてことは思いもよらないのだ。

殺す、という考え自体を知らないのかもしれない。猿というのはきっと、他者を殺したりはしない生き物なのだろう。

そう思うと、相手を殺すことで全《すべ》てを解決できると考えた己が汚《けが》らわしく、自分の体を抱きしめるようにして爪《つめ》を二の腕に突き立てた。

「寒いのかい、おすみ」

言われてみれば寒かった。

開いた戸から風が吹き込んでいるのだから当たり前だ。猿が近寄ってきて、おすみのすぐ傍《そば》に横たわる。

そうして夜着を一人と一匹の上にふわりと掛け、おすみの肩に触れようとしたから、おすみは反射的にその手を押し返した。

「触ってはいけない」

猿は寂しそうに笑うと手を引いた。

「解っているよ。春が来るまで、だろう」

本当に夫婦になれるのは次の春に里帰りしてからなのでそれまで触れてはいけない、というおすみの詭弁《きべん》を、猿は素直に守っていた。だがそんなことよりも、今はただ殺そうとした相手に優しく触れられるのが怖かった。

猿の柔らかい毛先が触れるか触れないかの距離。猿は目を閉じて穏やかに言う。

「ねえおすみ、春が来たら、やっぱり村で暮らさないか。おすみにもその方が合っているだろうし」

おすみは答えず、次第に深まっていく猿の寝息を聞いていた。

自分が死んだら桜の樹の下に埋めてほしい、とその爺様は言ったらしい。猿の家に近い川沿いにあるその桜は、目のいいおすみでも天辺《てっぺん》がなんとか見えるかどうかという、異様なほどの大樹だった。

随分古い樹のようだが、枝の一本一本についた蕾《つぼみ》のどれもが膨らんで生気に満ちている。

「きっと桜が咲いたら見事だろうな」

おすみはそう呟きながら、川に手をつけ、まだ冷たい水の流れを楽しんでいる。

「ああ、その頃にはもう春だ。ようやく里帰りができるなあ」

おすみは水面から目を離さないまま猿に答える。

「やっぱり、止めねえか。里帰り」

ゆっくり立ち上がって振り向くと、猿が戸惑ったような顔をしていた。一冬を共に過ごし、人とは違う猿の表情が随分読み取りやすくなった。

「里帰りしないと夫婦になれない、ってのは嘘《うそ》なんだ。山を下りる必要なんてねえ」

「何を言ってるんだ、おすみ」

猿が困ったように笑った。猿の表情には慣れたが、この顔だけは止めてほしかった。人を真似て歯を晒《さら》すと、牙《きば》の鋭さが目立つだけだ。

「ずっと村で暮らそうと言ってきたじゃないか。いつまでも山の上で暮らすのも無理があるだろう」

「無理なもんか。必要な時は俺だけ山を下りればええ。前にも言ったが、木を切ったらお前さんが山の麓まで運んでくれればええだろ。そしたらそれを俺が売るから、そうすれば」

「そんなことしなくても、儂が売ったほうが手っ取り早い」

そうして、猿はまた笑った。おすみは言葉を失う。

猿が山を下りれば、村人達がまた怯えるだろう。又吉とかいう爺様は大猿にも恐れずに接したようだが、そんな人間は珍しい。恐れ慄《おのの》いた村人がなりふり構わず猿を殺そうとしてもおかしくない。

今、おすみは、猿と夫婦になってもいいと本気で思うようになっていた。

これも何かの縁だと割り切ってしまえるくらい、猿の素直な心根は好ましかった。村のどんな男よりも、接してくる態度は恭《うやうや》しく優しかった。

だからこそ猿を村に行かせたくない。この純粋な猿は、自分が怖がられていることに気が付いたら、深く傷ついてしまうだろう。そのことが悲しかった。

どう説得すればいいかと思案しながら、おすみは桜の大樹に手をついた。そのざらついて硬い樹皮に気を取られながらも、おすみは問う。

「お前さん、そんなに村に行きたいのか」

「……又吉と呼んでくれ、何度も言っているだろう」

返ってきた言葉がいつにない荒さを含んでいたから、驚いて猿の顔を見た。今まで見たこともないほどの冷たい無表情だった。

「何でだ、何で又吉の爺様もおすみも山を下りるのをとめるんだ、儂にはもうこれしかないというのに」

「おい、落ち着きなよ。どうしたんだ」

おすみは猿の腕をつかむと、無理やり桜の樹の下に座らせた。猿は尚も息を荒くしている。

「悪かったな、呼んでくれっていうのきかないで。でもなあ、何でなんだか。お前さんに似合わない気がするんだよ、又吉っていうの。他の名前を考えねえか」

おすみがそう言うと、猿は体を丸めて顔を隠してしまった。

おすみは途方に暮れて、樹上を見上げた。小鳥が一羽、軽快に飛び回っては枝を揺らしている。

小鳥の鳴き声と川の流れる音が耳に流れ込んで、心を慰めてくれているようだった。

「墓にするにはこれ以上ねえな。良い所を選んだよ、又吉とかいう爺様は」

おすみが何とはなしに呟くと、猿がぼそりと答える。

「又吉の、爺様は。小猿だった儂に随分優しくしてくれた。群れを追い出されて行く当てもなくてな。爺様がいなければ、儂はとっくにのたれ死んでいた」

「へえ。こんなに図体《ずうたい》の大きなお前さんにも小猿だった頃があるんだな」

「だから、爺様が病でいよいよ死ぬとなった時は悲しかった。死んだらなんでも形見にやると言われても嬉しくなかった。爺様は病で酷く長く苦しんだ。これ以上苦しみたくないから殺してくれとまで」

「うん……」

急に顔を上げて語り始めた猿におすみは戸惑っていた。身の上話の類《たぐい》を聞くのは好きじゃない。暗い話となればなおさらだ。

だがきっと猿にとって大事な話なのだろうから、仕方なく相槌《あいづち》を打つ。

「とにかく元気づけようと思って、爺様に教わった言葉で話し続けた。それで、言ったんだ。山の上にいるから病も治らんのだと、連れて行ってやるから一緒に村に棲もう、と。儂がしっかり看《み》てやるから、村の医者の助けも借りればいいと。そしたら爺様は久しぶりに笑って」

「うん……何と？」

「猿が人の村に馴染《なじ》むことなどできんよ、と」

おすみもそう思うが、猿にとっては受け入れがたい言葉だったらしい。

「それで、お前さんは何て言い返したんだ」

先を促すが、猿は答えない。

おすみはその顔を覗き込んで、ゾッとした。猿は顔を歪ませている。その表情はひどく人間じみた憎悪《ぞうお》に満ちていた。

「殺したか」

閃《ひらめ》いた直感をそのまま口に出してから、おすみは自分の言葉に驚いた。しかし猿の暗く淀《よど》んだ目が自分に向いたのを見て確信する。

「殺したんだな」

「爺様は長く苦しんで見てられない程だった」

「それが理由じゃねえだろう。猿は人と暮らせねえと言われたのが憎らしかったのか。

爺様が死んで家が、着物が、名前が自分のものになれば人に成り代われるとでも思ったか」

「おすみ」

「触るな！」

猿を突き飛ばして走り出す。頭の中が煮えたぎるようだった。

猿に殺すという言葉など解らないと見縊《みくび》っていた自分に腹が立った。

猿だって虫くらい殺すだろうし、仲間の猿を痛めつけて殺すことくらいのことはできる。人を殺すことだってできるだろう。

「おすみ！　止まれ！」

止まるわけがない。思い切り脚を動かして山道を駆け下りていく。しかしそれほど離れることもできないうちに肩を摑まれて、引き戻された勢いのまま地面に転がった。

おすみは手足を無茶苦茶に振り回して暴れたが、四肢に覆いかぶさるようにして縫い留められると動けなくなった。

見下ろしてくる猿が息をつく度覗く牙を見て、食い殺される、と思う。しかし猿はそれ以上動かなかった。ここからどうしていいか解らずに混乱しているようだ。

「……痛い」

その言葉に、猿は慌てておすみの上からどいた。

地面に押し付けられて痛む腕をさすりながら起き上がると、猿はおろおろと体を上下に揺らしておすみを見ていた。おすみはため息を一つ吐いて、続ける。

「人を殺したことがあるなら、解ってるんでねえのか。俺が前にお前さんを刺し殺そうとしたこと」

猿は答えない。ただバツが悪そうに俯《うつむ》いている。

「死にかけの爺様を手にかけたお前さんと、わが身可愛さに夫を殺そうとした俺。お似合いでねえか。こんな畜生夫婦、人里に出ていい訳があるか。村に下りるのは止めよう。俺が、おすみがいればそれでええと、そう言ってくれねえか」

おすみは一息でそう言った。

猿はしばらく黙り込んでいたかと思えば、今更諦められないんだ、と苦々しく呟いた。

その声色も、顔つきも、仕草も、今までに無い程人間に似ていたから、ああ、本当にもう引き返せないんだな、とおすみは痛感した。

それは、二番目の姉が考えた策だった。

そんなもの上手《うま》くいくはずがない。実行するつもりなどさらさらなかった。怪しまれるに決まっている。

「父っつぁまは重箱の匂《にお》いが嫌いなんだ。臼のまま持って行ってくれ」

だが、おすみがそう言うと、猿は疑う様子もなく餅の入った大きな石の臼を背に担いで紐《ひも》で括《くく》った。

「里帰りの前に、桜を見に行こう」

おすみの言葉に従って、猿は山道を歩いていく。そう遠くなく川辺の大樹に辿《たど》り着く。ちょうど桜が満開で、緩やかな風に乗って花びらが舞っていた。

「ああ、本当に綺麗だ」

おすみが呟く。

「本当に、墓としてこれ以上は無い」

猿がそう答えたから、おすみはどきりとしたが、以前におすみが言ったことの口真似だと気が付いてなんとか平静を保った。

「お前さん、本当に村に下りるつもりか。この餅を樹に供《そな》えて、家に戻ったっていいんだぞ」

「そんなことを言わないでくれ。儂は人が好きなんだ。人と暮らしたくて、その一心で、ここまできたんだ」

ああ、やはりもう駄目なのだ。

この猿はあまりにも強欲で、おすみ一人と共にいるだけでは満足してくれないのだ。風に桜の枝が揺れて、花びらが舞い落ちてくる。時折花が一つ、少しの欠けもないまま落ちているのは、小鳥が蜜《みつ》を吸った花を無造作に投げ捨てるせいだろう。

「お前さん、桜を……」

そう言いながら猿を見上げると、猿は笑っていた。

いつもの牙を剝《む》き出しにする下手な猿真似ではない。おすみの微笑《ほほえ》みを穏やかに真似るような、そんな笑みだった。

「……父っつぁまは桜が好きなんだ。枝を一本、取ってきてくれねえか」

震える声でおすみは頼んだ。どんな枝だ、と聞かれたから、一番上の、綺麗な花がついた枝がいいと答えた。

猿が背から臼を下ろそうとする。それをおすみは押しとどめた。

「地面に臼を置くと餅に土のにおいが移る……担いだまま、登ってくれねえか」

無茶苦茶なことだと、解っている。

じっと見つめてくる目に耐え切れず俯いて、何を言っているんだと咎《とが》められるのを

待った。しかし、猿は、

「そうか……そうだな」

そんな声を発した。そして大した間もなく、重たげに樹が揺れる音がする。恐る恐る見上げれば、猿が臼を担いだまますいするすると樹を登っていく。あまりにも素早いものだから、あっという間に姿が見えなくなってしまいそうだ。

「お前さんっ！」

おすみが叫んだ。樹上から遠く、声が返ってくる。

「どうしたおすみ、ここらの枝でいいのかい」

そのからかうような声を聞いて、おすみは姉の考えた策の成功を確信した。

「もっと、もっと一番上だ！」

涙交じりの声で叫ぶと、了承を示す軽い声が返ってくる。

樹の上の方で小さな影が枝を揺らす度、下品なほどの勢いで花びらが舞い落ちてくる。それを浴びながら、こみあげてくる感情を抑える。

猿に重たいものを持たせて木に登らせればいい。落ちれば首を折って死ぬだろう。

そんな不確かな計画、上手くいくはずがないと思っていた。だからこうして実行に移したのだ。

人を殺した獣を村に解き放つ訳にはいかない。何としてでも、自分が猿を殺さなければいけない。

その義務としてできるだけのことはやったのだと、思いたいだけだったのに。どうしてこう上手くいってしまうのだろう。

そんな気持ちを抑えようと奥歯を噛みしめていたが、樹の枝をつかみ損ねた猿の姿がぐらりと揺れた時に思わず叫んでしまった。

「止めろ！　枝なんていらねえからっ！　降りてこい！」

しかしもう高すぎて声が届かないのか、猿は止まらなかった。

体勢を立て直しながら、また登っていく。ついに一番上に至り、細い枝の先を手折《たお》ろうとする。

「もういいから！　降りろ！　降り……」

言葉の途中で何かが折れたような軽い音がする。そうして、樹上から影が落ちてくるのを、おすみは天地がひっくりかえるような眩暈《めまい》とともに見ていた。

水気を帯びた重い音がして、薄く色づいた花びらが敷かれた地面に鮮血が飛び散る。

衝撃で紐が切れたらしい臼がごろりと転がって、その下から肉のはみ出た襤褸布《ぼろきれ》のようになった猿が現われた。

おすみは吐きそうで吐ききれない想《おも》いを抱えたまま、ふらふらとその傍に膝をついた。腕一本動かせない体の重さを感じながら唸《うな》るような声で呟く。

「……解ってただろ、お前さんを殺そうとしたことぐらい。何で」

「何でだと思う」

言葉が返ってきて、まだ喋れるのか、と驚いた。

肉の繊維を纏《まと》ったまま肩から突き出す骨が、どこからかも解らない程溢れておすみの手を濡《ぬ》らす血液が、確実な死を予感させるのに、猿はしっかりとした声を発している。

「ただ、おすみが殺すしかないと思ったのと同じくらい、死ぬしかないと思っただけなんだ。だって、これで……全てが丸く収まるだろう。化け猿が死んで、おすみは家族の許《もと》に戻れる訳だ」

猿は左手を差し出してきた。

握った枝には、見事に桜の花が咲き誇っている。それを振り払って地面に叩きつけて、おすみは怒鳴る。

「馬鹿《ばか》を言うな。俺のためだなんて、そんな。勝手だ。本当に俺のためを思うなら、離縁した後一匹で死ねばよかったろう。わざわざ人が見ている前で死にやがって、この――」

「見ている前で、なんて温《ぬる》いもんじゃない。おすみが殺したんだよ」

猿は笑っていた。

仰向けの姿勢で、血にまみれた顔で。牙をうまく隠したまま、人のように穏やかに微笑んでいる。

「だって、ずるいじゃないか。儂はこんなに人に焦《こ》がれているのに。爺様を殺してあんなに苦しんだのに、人が儂を殺しても、畜生一匹殺しただけだとあっさり忘れてしまうんだろう。だが……おすみは。おすみは違うね。儂を殺して、それを忘れず一生悶《もだ》え苦しむだろう」

「もういい。喋るな」

「どうか家族の許に戻って幸せに暮らしておくれ。おすみには、人の幸せを摑んでほしいんだ。新しく婿《むこ》でも貰って、桜が咲くたび儂の死に様を思い出しておくれ」

「煩《うるさ》い。もう、口を利《き》くな。死ぬ気があるならぺらぺら喋るな」

「嫁に来てくれたのがおすみで良かった」

「馬鹿を言うな。結局、お前さんが拘《こだわ》っていたのは俺じゃなくて人でねえか。嫁なんて誰でも良かったんだ」

悔しい。

この猿は結局人に焦がれ続けて、人と暮らせないと悟った後は、人の記憶に残ろうと画策した。それはおすみじゃなくても誰でも良かったのだ。

馬鹿みたいだ。この猿だから、家族と離れて一緒に暮らしてもいいとまで思ったおすみがまるで馬鹿ではないか。

猿の宣《のたま》う人の幸せだと。そんなものが本当におすみの幸せだとでもいうのか。

おすみはぐらぐらと揺れる頭を無理やり持ち上げて立ち上がると、猿の腕を両手で掴んだ。渾身《こんしん》の力を込めて引けば猿の身体が地面を擦《こす》ってわずかに動く。

「どうするつもりだ、おすみ」

猿が喉を鳴らして笑いながら問いかけてくる。

おすみは力まかせに猿を引きずって答えた。

「こんな良いとこで死なせてたまるか。ちんけな猿一匹、無様に川に沈むのがお似合いだ」

人の男よりよほど大きかったが、不思議とそこまで苦労しなかった。流れる血と一緒に、命の重さまで零《こぼ》れ落ちてしまったようだ。

地面を引きずった後そのままに残る血の筋に、また桜の花びらが舞い落ちる。

「川に流されていく命は惜しくはないが、後で、おすみは泣くんだろうなあ……それが、どうしようもなく嬉しいよ」

「黙れ。黙れ。黙れっ！」

おすみは力の限り叫んで、猿の身体を川に投げ込んだ。

とぷん、と小さな音とともに流れを乱した猿の身体は清流を獣の血で染めて、ゆっくりと遠ざかっていく。沈むこともなく、時折突き出した岩に引っかかりながら流れてゆく。

それを眺めて意味のない言葉を発しながら、おすみは目から流れる涙が川に落ちないように袖《そで》で拭《ぬぐ》った。川に涙が落ちれば、猿の血と混ざって流れていくだろう。それだけは絶対に嫌だった。

△△△

「それで、その後はどうなったの」

「それはもちろん。おすみは家族の許に戻って、新しく婿を貰っていつまでも幸せに暮らしたのさ」

ふうん、と相槌を打ちながら、おたつは長い髪を頻りに手櫛《てぐし》で梳《す》いている。少し長い話だったから集中力が持たなかったのか、途中からずっとこんな感じだ。なんとか楽しんでもらおうと大きく声を張ったりもしたが、そんな単純なことでは興味を惹《ひ》けない。なかなか難しいものだ。

「これで解っただろう。人と人以外のものが夫婦になろうとすれば、悲しい終わりになってしまうんだよ」

「でも、このお話は、幸せな結末に終わったじゃない」

孫一郎は返答に困って頭をかいた後、ゆっくり言った。

「おたつ。ちゃんと話を聴いていなかったろう。猿は死に、おすみも悲しんで終わったじゃないか」

「だけど、おすみは結局村に戻って幸せに暮らしたんでしょう。それに、猿は望み通りおすみに忘れられることはなくなった」

おたつは鱗の煌《きら》めく尾の先で、池から少し離れた場所にある木を指し示した。

「桜って、あれでしょ。あんなひらひらと散るだけの頼りないものを見るだけで、おすみは胃の腑《ふ》ごと吐き出して腐っていくような血の匂いを思い出すんだわ。そして新しい夫の隣で笑うの。ね、素敵でしょう」

「素敵かねえ」

小さな女の子の考えはよく解らないなあ、と思う。いや、魚の考えだろうか。そもそも父がろくにものを教えず池で放し飼いにしていたせいで、情緒が狂ってしまっているのかもしれない。

孫一郎の背より少し高いだけの木を見ながらそんなことを考えている間に、おたつははしゃぐように両手の指を顔の近くで組んだ。

「やっぱり決めた。おたつは孫一郎と夫婦になってあげる」

「ううん、諦めないねえ。あたしが首を折って川に流されていくことになっても、おたつは悲しくないのかい」

「何言ってるの。今のお話通りなら、流されていくのはおたつのほうでしょ。でも、おたつは木には登らないし。川でもきっと泳げるわ。きっともっと幸せな終わりになる。絶対にそうなの」

変わらない無表情のまま、おたつは当然のようにそんなことを言う。

ひらりと舞った桜の花びらが、おたつの側《そば》に落ちる。水面に浮くそれは風流をそのまま切り取ったようなのに、そんなものには目もくれず孫一郎を見上げてくる。そのまなざしの強さに耐えきれなくなった。

「おたつ、桜餅《さくらもち》って知ってるかい」

孫一郎が突然話を変えると、おたつは不思議そうに瞬《まばた》きをした。

「知らない、と思うわ」

「そうかい。桜の葉を使った菓子でねえ、塩気が利いてうまいんだ。今度買ってきてあげようね」

大抵の子供は菓子が好きだとみて間違いないし、昔近所の寺の池の鯉に向かって団子を放り投げてみた時は勢いよく食べていた。

余計なものを食わすなと怒る住職もここにはいないわけだし、桜餅の味を知れば、知りもしない猿の血の匂いなどは忘れてくれるかもしれない。

そうに違いないと決め込んで、孫一郎は尚も桜餅の味について語り続けた。

八《や》百《お》比《び》丘《く》尼《に》

孫一郎は床の間《とこま》を背に座している。それに向かい合って若い男が一人、不自然なほどに背筋を伸ばして座っていた。

屋敷に住み始めてから三月《みつき》が経《た》ったが、この客間に人を入れたのは今日が初めてだ。

二人で長々と話していたが、やがて孫一郎が痺《しび》れを切らした。

「あのね、商売ごとであたしに相談したってしょうがないだろう。もう三橋屋《みはし》の旦那《だんな》様は清吉《せいきち》なんだから、思う通りにやればいいよ」

「いえ、慣れないことばかりで。久しぶりに兄さんにお言葉を頂けて助かりました」

清吉は軽く頭を下げる。

「番頭と話し合ったほうがよほどいいと思うがねえ」

孫一郎は独り言のように呟《つぶや》く。今更自分がしゃしゃり出て何になるだろう。商才ある若者が継いで店は安泰だし、弟は才気を活《い》かせる。おかげで、孫一郎もこうして呑《のん》気《き》に隠居暮らしができるわけだ。全《すべ》てが丸く収まっている。弟を奉公に出そうとか婿《むこ》に出そうとかいう話も殆《ほとん》ど聞かなかったし、最初から父は弟を跡取りにするつもりだったのかもしれない。

清吉は商いで染《し》みついた薄い笑みを浮かべている。

「ああ、私の話ばかり聴いて頂きまして。それより兄さん、どうですか。この屋敷の住みごこちは」

「まあ、悪くはないね。町のはずれもはずれだと思ってたけど、少し歩けば店なんかもけっこうあるし。何より静かなのはいいもんだよ」

「それはようございました。兄さんに大人しく隠居生活なんてできるのかと心配していたのですよ。ここでは芝居見物にも色街通いにも不便でしょう」

「いつの話をしてるんだい。いい歳《とし》してそんな遊び歩きゃしないよ。だいたい、隠居した兄が放蕩三昧《ほうとうざんまい》なんて醜聞が広まったら店の評判が落ちるじゃないか」

「兄さんはお上手ですからそんなことにはならないでしょう。まだまだお若いのですから、どうぞお好きにして頂いていいのですよ」

孫一郎は呆《あき》れ果てて、懐《ふところ》に手を突っ込んだ。相変わらずのことだが、何故《なぜ》この弟はこんなに買いかぶってくれるのだろう。商いが不得手で跡取りとして認められず、早々に隠居屋敷に引っ込んだ長兄のことなど放っておけばいいものを。

孫一郎がそう考えて黙り込んでいると、清吉は半ば立ち上がりながら尋ねてきた。

「少々暑いですね。障子を開けてもよろしいですか」

「……そうだね、開けようか」

返事するよりも早く、清吉は障子に歩み寄り開け放った。僅《わず》かに温《ぬる》い風が吹き込んでくる。

「せっかく広い庭があるのですから、庭師でもいれてはどうです」

清吉が見る先には、木々が無造作に生い茂った庭が広がっている。少し離れた位置にある大きな池の水面が揺れたのを見て、孫一郎は慌《あわ》ててしまう。

「いいよ、庭師なんて。この雑然とした感じも中々気に入ってるんだ」

畳を指先で軽く叩《たた》き、座るように促す。清吉は素直に元の位置に座りなおした。孫一郎が横目で池を見ると、おたつが顔を覗《のぞ》かせてこちらの様子を窺《うかが》っている。こうなる気がしていたから障子を開けたくなかったのだ。

清吉の意識が池にいかないように、適当に話題を振った。

「そういえば、細君は元気かい」

「ええ、元気も元気で……お腹《なか》も大きくなってきて、最近じゃあ赤子の分だって言って二人分食べてますよ」

それを聞いて、思わず目を見開いた。

「待った。赤子ができたのかい」

「ええ」

「……それはまた、おめでとう」

「ありがとうございます」

なんだってこの弟はそんな大事なことを先に言わないのか。というかそんな時期にこんな所で遊んでるんじゃない。そう思いながらも、穏便な言葉を口にする。

「何かお祝いを考えなくちゃいけないね……といっても、今のあたしじゃ大したことはできないが」

「お祝いなんて、そんな、いいのです。私はただ、兄さんが安楽に暮らしてくれていれば、それだけで嬉《うれ》しいのですよ」

清吉は商売用じゃない、ふわりとした笑みを浮かべた。それは清吉が童《わらべ》だった時分はよく見た表情だったが、抜け目ない大人に育ったはずの清吉に不意にこんな顔を向けられると、なんとなく落ち着かない気分になる。

「ううん……清吉に小遣いを貰《もら》わなきゃ暮らしていけない身としてはありがたいけどねえ。どうしてそう、あたしに好き勝手させて喜ぶんだい」

「それはもう。たった一人の兄さんだからです」

清吉は目を閉じて、噛《か》み締めるように言い募る。

「流行《はや》り病で母がいなくなり、店に置いて頂き、働かせて貰えたのはありがたいことだったけれど。優しかったのは兄さんだけだった」

「そりゃあ兄のあたしが遊び歩いてるってのに、幼い弟は独楽鼠《こまねずみ》のように働かされて可哀想《かわいそう》だから菓子だのなんだのやってただけじゃないか」

「それが優しいというのです」

にこやかな弟から目を逸《そ》らして俯《うつむ》く。少しの間黙り込んで、ふと顔を上げると、清吉が冷め切った表情で庭に目をやっていた。どきりとして見つめた先を追うが、池の表面は穏やかに波紋が広がっているだけだ。

「どうか、されましたか」

そう問いかけてくる清吉の笑みがいつも通りだったから、何でもない、とだけ答えた。

「おたつ、出ておいで」

池に向かって声をかけると、すぐにざぶりと大きな波を立てておたつが水面に上がってきた。

「お客が帰るまで出てきちゃ駄目だって言ったろうに」

「あの人、帰ったの」

孫一郎の小言など聞く耳持たない様子のおたつは、どうやら機嫌が悪いようだ。

「ああ、帰ったよ」

「もう来ないでしょ」

「いや、また来ると言っていたけれど」

おたつの顔が心なしか険しくなったようだった。

「誰なの、あれ」

「昨日も説明したろう……あたしの弟だよ。大八郎の子」

有《あ》り体《てい》に言えば異母弟である。

最初に父が他所《よそ》で作った子を店に住まわせ始めた頃は母が怒り狂って大騒ぎだったが、結果的には優秀な跡取りができて良かったのだ。入り婿の妾《めかけ》の子が店を仕切っている現状に、母は未《いま》だに納得していないらしいが、母だって店を潰《つぶ》したいわけではない。

流石《さすが》の孫一郎も、母のことまで清吉に任せっきりなのは申し訳ないとは思っている。しかし母に会っても哀れっぽい声で遠回しに責められ続けるだけなので、もう本当に顔を合わせたくない。清吉も年々母をあしらうのが上手《うま》くなっているようだし、店と一緒に任せておけばいいだろう。

それにしても、おたつはまだ苛々《いらいら》と尾で水面を叩いて不満を表明している。

「どうしてそんなに嫌なんだい。何かおたつの気に障《さわ》るようなこと言ってたかな」

「話なんて聞こえなかったけど、でも嫌いなの」

いつも無感動な様子のおたつがこんなにも苛立ちを露《あら》わにするのは初めてだ。眉《まゆ》の間に寄った皺《しわ》を興味深く眺めていると、こちらが面白がっていることに気づいたのか、おたつは完全にそっぽを向いてしまった。

「もういい。知らない」

それだけ言い残すと、勢いよく池に潜ってしまった。尻尾《しっぽ》だけが水上に残ったかと思うと、それもすぐに水の中に滑り込んでしまう。

完全に機嫌を損ねてしまった。再びおたつの名を呼んでみたが一向に上がってくる気配がない。

おたつさえよければ清吉に会わせてみるのもいいかと思っていたのだが、当分の間は無理そうだ。仕方なく、孫一郎は屋敷の中に戻っていった。

初めて訪れた時、ここだけ世間から切り離されたような屋敷だな、と思った。街はずれにぽつんと一軒。

高い囲いと、ろくに手入れもされずに放置された木々のせいで庭の様子は外からはうかがい知れない。そんな庭の池の底で、おたつはいつもじっとしている。

魚の一日などそんなものなのだろうし、おたつ自身もこの暮らしに不満は無いようなのだが、同じ家に住んでいる身としては退屈していないか気になってしまう。昨日は怒らせたままだったのでなおさら気がかりで、朝から池の縁に立って呼びかけていた。

「おたつ、おたつ、出ておいで」

呼びかけても出てこないことの方が多い。広い池で人の背丈以上の深さがあるようだから、池の中島の陰にでもいたらこちらの声に気づかないのかもしれないし、単に気分が乗らないだけかもしれない。そんな時は孫一郎も諦《あきら》めるのだが、今朝は割合に早くおたつが水面に浮きあがってきた。

ぽたりぽたりと髪から滴《したた》る水滴が水面に落ちる。おたつは声の一つも出さず、無表情で孫一郎を眺めている。昨日の不機嫌を引きずっているのか、何の用だと尋ねてはこない。

「おたつ、見てごらん」

そう言って、池の縁に鉢を置いた。鉢の中心に伸びた支柱には蔓《つる》が巻き付いていて、葉はくるくると捻《ね》じれている。いくつも咲き乱れる青色の花は花びらの先が細く分かれて、まるで花火のようだった。

「これ、何？」

「朝顔だよ」

「朝顔……？　違うわ」

おたつは葉先を触ってしげしげと眺めたあと顔を上げて、幼子に教えるように言った。

「朝顔なら知ってるもの。もっと丸い花だし、葉もこんなに捻じれてはいないのよ」

期待通りの反応に、孫一郎は口の端を上げた。

「これはね、普通の朝顔とは違う。変わり朝顔っていうのさ。たまたまできた変わった形の朝顔の種を何回も何回も繰り返し育てて、やっとこういう綺麗《きれい》な形の花が出来上がるんだよ」

「これ、綺麗なの？」

「そうらしいよ」

おたつは、ふうん……と、下から朝顔を眺め上げている。それなりに興味を持ってくれているようで何よりだ。

「昔の知り合いに、余った花を貰ったんだけれど……これでも花合わせに出すには不足らしいよ。趣味の世界ってのは外から眺めるとおかしなもんだ」

するとおたつは手で水をすくって朝顔にかけて遊びだした。そんなに鉢から溢《あふ》れるほど水をかけられると根が腐りそうだが、特に止めはしなかった。とにかく、機嫌がすっかり直ったようでよかった。

しかし、珍しい種を買おうとすれば何十両とかかり、凝《こ》れば家が傾くといわれる粋な趣味も、おたつにとっては一時の玩具《おもちゃ》にしかならなかったようだ。鉢を地面ごと水浸しにしきったかと思えば、植木鉢の表面をかりかりと爪《つめ》で引っ掻《か》きながら面白くもなさそうに言う。

「ねえ、花もいいけれど。それよりも面白い話をして頂戴《ちょうだい》。人と人じゃないものが夫婦になるお話がいい」

「ああ、それは……久しぶりだねえ。どうしたんだい、急に」

春にそんな話をしてから、しばしばお話を強請《ねだ》られていたが、人と人ではないものが夫婦になる話とは言っていなかったのにどうしたのだろう。

「近頃忘れてたけど、おたつは孫一郎と夫婦になってあげるんだったわ。だからそういうお話を知ってなきゃいけないの」

「ふうん、そうかいそうかい。そうだ、ここを見てごらん」

孫一郎は朝顔の花を指さした。先の細かく分かれた青い花は所々斑《ふ》が入って白くなっている。

「白い斑点《はんてん》が沢山あるだろう。花に狂った好き者達は一所《ひとところ》にずらりと鉢を並べ立てて、こういう柄《がら》の入り方の美しさを競ったりするのさ」

「どんな柄なら、美しいというの」

「さあねえ、おたつはどう思う」

問われたおたつは首を傾《かし》げ、朝顔の花をじっと見つめた。せっかくおたつに見せようと貰ってきたのだから、もう少しの間くらいはしっかり楽しんでほしい。

どこから水が流れ込んでいるのか、池の水は孫一郎が苦労して手入れせずとも澄んでいた。朝とは思えないほど強い日差しが池に落ちて、おたつの白と紅の尾に光が走っている。

「朝顔は変わった柄や形であるほど値打ちがあるらしいが、おたつの尾もきっと高く売れるだろうねえ」

「おたつの尾を売るの？」

おたつは朝顔から顔を上げた。孫一郎は笑いながら答える。

「はは、売りやしないさ。高いものを売るのは商人の仕事で、あたしは商人になれず見限られたぼんくらだからね。ただ、おたつの尾は綺麗だなあと思いながら眺めるだけだよ」

「じゃあ何で、大八郎は商人なのにおたつの尾を売らなかったの」

「何でだろうねえ。おたつがもっと大きくなって、もっと立派な鱗《うろこ》になるのを待ってたのかもしれないよ」

おたつは目を見開きながら自分の尾に初めて気が付いたように尾を撫《な》でたり紅《あか》い斑《ふ》の周りを指でなぞったりし始めた。

そんな時、草木を踏む足音が聞こえた。そちらを見ると、腰を深く曲げた老婆《ろうば》が、ちょこちょこと歩いてきている。屋敷付きの老女中のおいねだ。その手にもった皿には三角に切られたスイカが沢山載っていた。

「ああ、ありがとう」

孫一郎は皿を受け取り、一切れおたつに渡した。おたつは間髪入れずに食べ始める。放っておけば長く食事を与えずとも平気な様子なのだが、目の前に出されると出されただけ食べるのがおたつだった。

「おいねも一緒に食べてくかい」

「結構です」

孫一郎の問いかけにそっけなく返したおいねは背を向けてちょこちょこと立ち去っていく。いつものことながら、甲斐甲斐《かいがい》しく世話をしてくれる割にはそっけない。

おたつは一心不乱にスイカに齧《かじ》りついている。清吉が持ってきてくれたスイカだと知ったらまた不機嫌になるだろうな、と考えながら庭石に座る。スイカを口に入れれば、水につけていたのかよく冷えている。食べ終えたおたつから赤いところの殆どない皮を受け取り、またスイカを渡す。そしてふと思った。

「おたつ、種はどうしたんだい」

「食べたわ」

「全部食べちゃったのかい。そりゃあ大変だ。この種からいずれ蔓が伸びて、スイカの玉がなるんだよ。このままだとおたつの口から蔓が伸びて、腹の中でスイカができちまうよ」

「嘘《うそ》でしょう」

「嘘だよ」

孫一郎はスイカをまた一口食べて、種をその辺りに吐き出した。土に落ちた種からなら、芽が出るかもしれない。

「そんな嘘っぱちはいいから、人と人じゃないものが夫婦になる話をして」

忘れていなかったか。朝顔とスイカで誤魔化し続けるのもいい加減限界だ。おたつはしゃくしゃくとスイカを齧りながら、睨《にら》むようにこちらを見つめている。

「ううん、そうだなあ。おたつは八百比丘尼《やおびくに》の話は知ってるかい」

「八百比丘尼？」

「人魚の肉を食べて八百年生きた尼さんがね、いたんだってさ」

孫一郎が池の縁をぽん、と叩く。急いでスイカを食べ終えたおたつは、そこに手を揃《そろ》えた。いつも通りのお話を聴く姿勢だ。

昔よく行った近所の寺の鯉《こい》も、手を叩くと餌《えさ》を貰いに寄ってきたなあ、と思いながら孫一郎は語り始めた。

△△△

「若様、こちらにいらっしゃいましたか」

焔硝蔵《えんしょうぐら》の裏で身を縮めていた小さな若君は、尼にそう声を掛けられてびくりと肩を震わせた。しかし膝《ひざ》に埋《うず》めた顔を上げはしない。

「うふふ、若はかくれんぼがお上手ですねえ。探すのに苦労いたしました」

年若く見える尼は尚《なお》も明るい声で、若君の前にしゃがみ込んだ。手を伸ばして肩に触れたが、その手は若君の腕に振り払われてしまった。

「稽古《けいこ》には戻らない」

ぎっと睨みつけるその目から、ぼろぼろと大粒の涙が零《こぼ》れ落ちる。

「刀も弓も槍《やり》も馬も嫌いだ。叔父上のような戦馬鹿《いくさばか》の顔はもう一瞬たりとも見たくない」

「どうして私が若様を稽古場に連れ戻さなきゃならないんです。私が若様をお探ししていたのは、お八《や》つの時間だからですよ」

そして、尼は若君をひょいと抱き上げた。

「な……離せ！」

「大丈夫ですよ、こう見えて私、力持ちですから」

確かに細腕に似合わない怪力で、暴れてもびくともしない。仕方なく若君は口で抗議した。

「もう余《よ》は抱きかかえられるような歳ではない」

「あら？　ですが若はまだ七つでは」

「もう八つだ」

「あらあら、それなら私の一分《いちぶ》程しか生きていないのですね」

若君はぴたりと動きを止めた。今、この尼は何と言った。尼の顔をまじまじと見たが、どう見ても十七、八にしか見えない。

「そなた……八百年生きておると？」

「あら？　ご存じなかったですか」

話には聞いていた。諸国を巡っている不老長寿の尼僧が来たということで、歓待のうえ城に留め置いているのだ。

騙《かた》りに違いないから追い出せと若君が何度訴えても誰も聞かない。

「騙るにしても、数が大きすぎるのではないか」

「まだ信じて頂けないのですか。では、今日はそのお話にしましょうかねえ」

尼はずんずん歩いていく。いつも通り庭で御伽話《おとぎばなし》をするつもりらしい。

これ以上止めても無駄のようだ。若君は腕から降りるのを諦めた。

▲▲▲

竹の皮の包みを開けて、これは何だろうと首を捻《ひね》った。

何かの刺身のようだが、魚の肉にしては赤黒くて硬そうだ。

すぐ側《そば》にいる父に訊《き》こうにも、深く眠り込んでしばらく起きそうにない。おまけに酒臭い。

庚申講《こうしんこう》から帰ってきた朝はいつもこうだ。庚申講はその場にいる全員が一晩中見張りあって寝ないようにしなければならないので無理もないのだが。

おさとは腹が減っていた。父の土産をあてにしていたので、起きてからまだ何も食べていない。

食べていい、のだと思う。そのための土産なのだから。

鼻を近づけてみると、潮の香りに混ざって、何か強く惹《ひ》かれる香りがした。鼻の奥に張り付いて本能を刺激するような、生々しい生き物の香りだ。美味《おい》しそうだと思った。

素手で一切れつまみ、恐る恐る口に入れる。舌に載せ、歯ですり潰し、飲み込んだ。

「……美味《うま》い」

驚くほどに美味《おい》しかった。

潮の香りとともに感じられる甘味。僅かな血の苦さが味を引き締めている。魚より弾力のある肉だったが、嚙めば程よい歯応《はごた》えとともに溶けて、今まで感じたことのない旨味《うまみ》を残す。

これは、何だろう。海の生き物だろうが、魚ではなさそうだ。

おさとは不思議に思いながら、もう一切れを口に含んだ。一口目より、もっと強く旨味が舌に滲《にじ》むような気がした。

もう一切れ、もう一切れだけと繰り返すほど、それを口に運ぶことしか考えられなくなった。舌先の神経から全身に染《し》み込んでいくような未知の感覚に我を忘れていく。

突然父が不明瞭《ふめいりょう》な声を出した。おさとはびくりと震えてそちらを見たが、父は寝返りを打って背を向けただけだった。

何かすごく悪いことをしているような気持ちになったが今更やめられない。音を立てないように、隠れるように肉をつまんで口に運ぶ。そうして、気づいた時にはもう肉はなくなっていた。

酔ってしまったかのように頭がぼうっとする。全身が気だるく熱い。座り込んだまま、しばらく空になった箱を眺めていた。

「……おさと？」

はっ、と顔を上げると、父が身体《からだ》を起こしていた。そして空になった箱を見て、寝《ね》惚《ぼ》け交じりの声で聞く。

「全部食ってもうたんか」

「あかんかった？」

「あかん、ことはないが……」

やけに歯切れが悪い。おさとは些《いささ》か不安になった。

「あれ、何の肉やったの」

「あー、昨日な……珍しい魚が獲《と》れたらしゅうてな。ほれや」

誰も知らない種類の魚だったので食べようとするものがおらず、余ったものを貰ってきたらしい。

「いやあ、ほやけど食べてもなんともなかったなら大丈夫やの。良かった良かった」

豪快に笑う父を見ながら、おさとは呆れた。そんな何やら解らない物を貰ってくるなんて。しかし詳しく訊かずに全て食べた方にも非があるので、それ以上何も言わなかった。

「お前、本当にあれを食うたんか！」

茂七《もしち》に詰め寄られて、おさとはたじたじになった。

村の女連中と畑の草取りを終え、家に帰ろうとしたところを捕まって船蔵《ふなぐら》の裏に連れてこられたのだ。

「あれって、庚申講の？　うん、食べた……ほやけど、何の肉やったんやろうね」

おさとがそう答えると、茂七は信じられないと言うように目を見張った。

「親父《おやじ》さんから聞いてえんのか、あれが何なのか」

頷《うなず》くと、茂七は頭を抱えた。なんて適当な人なんや……と苦々しく呟いている。

茂七とは幼馴染《おさななじみ》だが、ここまで苛立った様子は久々に見る。流石に不安になってきて、おさとは訊いた。

「あれ、何やったの」

茂七はぎろりとこちらを睨むようにして口を開いた後、言い淀《よど》んで、ため息をついた。そしてやっとのことで、小さく言う。

「あれはな……人魚の肉や」

「人魚？」

「昨日、人間の顔がくっついた妙な魚が網にかかったんや。ほの肉が庚申講で振舞われたんやが、気味悪がって誰も食べなんだ。いつの間にか無《の》うなってたで、もう捨てたんやろうと思てたらお前んとこの親父さんが持って帰ったって聞いて……ほやけどまさか、お前に食べさせるなんて」

茂七はそこまでまくしたてて、あーっ、と叫んだ。怒りを我慢できなくなったらしく顔を真っ赤にしている。おさとは慌てて茂七を宥《なだ》めた。

「ほやけどうらは何ともないし、人魚の肉を食べたからって何が変わるわけやないよ。お父ちゃんは後で叱《しか》っとく」

しかし茂七の怒りは収まらないようで自分の腕に強く爪を立てているから、その手をそっと外させた。

「なんでほんなに怒っとんの？　もしかして、人魚の肉を食べた女なんて、気味悪うて妻にしたくのうなった？」

強く否定の言葉が返ってくる。

「ほやったらなんで？」

「おれはただ、お前が心配で……」

「なら大丈夫。見ての通り、こんなに元気やから。人魚に毒があったとしても、きっとうらの方が強かったんやの」

大袈裟《おおげさ》に両手を広げて見せる。

茂七はまだ口をへの字に曲げていたが、ふらふらと誘われるようにおさとの腕の中に収まった。そういうつもりではなかったのだけれど、と思いながら抱きしめて、茂七の頭を撫でる。

波の音が絶え間なく響いている。この穏やかな音を聞いているうちに、茂七の怒りも収まっていけばいいと思った。

魚網におかしなところがないか確認していく。正面では、茂七が沖箱を開いて漁具を点検していた。

いつも通り、一日が終わろうとしている穏やかな時間だった。そんな中で、茂七がいつもとは違う落ち着かない様子で口を開いた。

「親父さん、大丈夫やろうか」

きっと大丈夫だよ、と答えながら、おさとは魚網の破れているところを指先で探り当てた。

茂七は自分の手の甲をかざし、浮き上がった血管を眺めるようにしながら続ける。

「いつもあんなに能天気な人やのになあ。なんとか元気になってくれればいいんやが」

「大げさなだけやよ」

「だが年を取ってから脚の骨を折ると一気に弱るちゅうし、親父さんももう……七十になるんやったか」

「まあ、せめて一緒に暮らいてくれればええのにね」

脚を折って、もう俺は駄目や、と大騒ぎした上に、俺は妻と暮らいた家で死ぬ、と言い張って一緒に住もうとしてくれないのだから始末に負えない。

「毎日様子を見に行けば大丈夫やろ」

おさとがそう言うと、茂七は手慰みのように浮き樽《だる》を転がし始めた。

童でないんやから大事な漁具で遊ぶもんやない、と叱ったが、茂七は止《や》めることもなく口を開いた。

「おれらが夫婦になって、三十年が経ったな」

「ほやの」

「おれが先に死いだら、お前、どうする」

茂七がそう言ったと同時に、おさとは網の破れているところを見つけた。破れて余った部分を切り取る。

「うらが先に死ぐかもしれんやんか」

「おれはそうは思えん」

おさとは竹のアバリを縦に、横に通して、網の穴を繋《つな》いでいく。その手が急に止められた。茂七のごつごつとした手が、おさとの手首を摑《つか》んでいる。

「おさと。おれの顔を見ね」

おさとは顔を上げなかった。もう少しで塞《ふさ》がるはずだった穴をじっと見ていると、無理やり顎《あご》を掬《すく》い上げられた。目の前に茂七の顔がある。

「随分皮膚がたるんでもうた。皺が寄って、染みが浮かび上がってきた」

「前よりずっと男前やよ」

「それに引き換えお前はどうや。夫婦になったあの頃から、何一つ変わらん。いつまでもつるりとした肌で、目が濁ることもない」

「こう見えて、結構変わったところもあるんやけどなあ」

「あの夜おれが、人魚の肉なんてとっとと捨てとけば良かったんや」

茂七がぐっ、と目を瞑《つむ》った。おさとは茂七の眉間《みけん》の皺を指先で伸ばす。

「まだ言うてるの。お母ちゃんも老《ふ》けにくい人やったらしいし、人魚の肉なんて関係ないやろ」

「お前は解《わか》ってえんのや。人魚を口にした日から、お前は日増しに綺麗になっていった。今までほんなそぶりも見せなんだ男がお前に近づいて行った。お前がやっぱり別の男を夫にすると言いだしたらどないしようかと、おれは毎日怯《おび》えとった」

おさとは思わず笑ってしまった。

「笑い事やない！」

目を吊《つ》り上げる茂七の顔を両手で挟む。そしておさとは、微笑《ほほえ》んだ。

「ねえ、きっと大丈夫やよ。人が老けていかんわけはないんやもの。きっと少し、人より遅いだけ。もし先にあんたが逝《い》ってもうても、すぐに後を追いかけるでの」

そして、自分の額をごつんと茂七の額にぶつけた。茂七の額の皺にも、それに触れる自分の額の滑らかさにも、気付かないふりをした。

節が浮き出て、皺の寄った手を握り締める。枯れ枝のようだった。それにひきかえ、自分の手の瑞々《みずみず》しさのなんとしたことだろう。

「ねえ、聞こえとる」

おさとが呼びかけると、茂七はうっすらと目を開いた。目の中心が白くなってしまっているが、それでもおさとの方を見る。

もう長いこと寝込んでいるが、ここ数日の覇気《はき》のなさには不安にさせられる。

「晩ごはんやよ」

「あいにく、腹は減ってえん。それより……お前の顔を触らせてくれ」

最近茂七はよくこの要求をする。おさとは茂七の手を引いて、自分の頬に、瞼《まぶた》に、唇に触れさせた。

「綺麗やな。少しも変わらん……」

茂七はまた目を閉じた。おさとの額に触れた指先が僅かに動く。それが精一杯なのだと解って、おさとは胸を締め付けられる。

「こう見えて、結構変わったところもあるんやけどなあ」

おさとが手に頬を擦りつけると、茂七はふっ、と笑った。

「変わらんよ。親父さんもお前も、のんびり屋で能天気やで……おれがどれだけ心配させられたことか。ほやけど、もうええよ。急がんくていい」

遺言に近しいことを言うつもりなのだな、と悔しくなった。こんなに早く、諦めたようなことは言わないでほしかった。

だがおさとにも解っている。茂七の顔は、首は、手足は、父が老衰で死んだ時と同じくらい細かった。

「すぐに、後を追いかけるでの」

「やめときねや、急ぐこたあない。お前なら、これからなんでもできるんやから。夫の五、六人貰《もろ》うたってええし、世の中全部見て回ったっていい。人助けやっていくらでもできる」

「別に、ほんなことしたくないんやけど」

「おれのためやと思って、やっといてくれや。ほんでまたいつか会《お》うたら、そんときの話をきかせてくれ」

勝手なことを言うものだ。だって本当に、そんなことしたくない。童のころからずっと近くにいた茂七と、同じ時に生を終えられたらそれで満足なのに。

「人魚の肉を食ったことやって、きっとそう悪いことやない……」

茂七の声はどんどん小さくなっていく。おさとが手を離すと、ぱたりと腕が床に落ちた。

口元に手をやると、柔らかな吐息がかかる。きっとまだ大丈夫。別れまでにはもう少し時間がある。

しかしその時間は、自分がこれから過ごす時間に比べたら、笑ってしまう程に短いということも、おさとにはもう解っていた。

▲▲▲

「それであの人の言う通り、夫を五、六回替えてみたのですが。あっという間でしたねえ。皆良い人だったけれど、子宝にも恵まれなかったし」

尼はあっけらかんとしている。若君は何と答えていいか解らなかったから、小さな滝の流れる音だけが響いた。水の傍は木々の影が差していて、こんな時期でも涼しい。蓬萊《ほうらい》の山々を模して組まれた石組に腰かけて話を聴いていると、ここがいつも過ごしている城内の庭だということを忘れそうになる。

「それでまあ、色々なところに行って、水源を探したり、寺社を直したり、橋を架けたりして、少しは人の助けになったと思うのですが」

自分の身を削って人々を救っている徳の高い尼だ、という評判だったが。全ての始まりは夫の言葉だったということか。

「あの人に聞かせる土産話も溜《た》まってきましたから、もうそろそろいいだろう、と」

ふうん、と聞き流そうとした時、若君の脳裏に嫌な考えが閃《ひらめ》いた。

「死ぬつもりか」

「ええ、そうです」

尼はにっこりと笑んだ。

若君が返答に迷っていると、その手に尼が何かを握らせてくる。何かと思えば、一口で食べられるほどの大きさの真っ白な饅頭《まんじゅう》だった。今が果たして菓子を握らせるにふさわしい時だろうかと思いながら、若君は饅頭を口に運んだ。滑らかな餡《あん》が詰まっていて美味い。

「最近、寿命をやり取りする方法が解ってきたのです。ですが、お手軽に捨てられるものでもないようで。どなたかにお裾分《すそわ》けできればと思うのですが、どうですか、若」

饅頭を飲み込む。若君は少しの間考え込んで、見せつけるように鼻で笑った。

「今の話を聞いた後でそんなものを欲しがる者がいるわけなかろう」

「あらあら、若は賢いですねえ」

尼がまた饅頭を握らせてくる。餡で口をいっぱいにしていると、尼が重ねて問いかけてきた。

「若様は、戦がお嫌いですか」

「嫌いだ。周りを見ればどいつもこいつも血迷った戦狂いばかりだ。やれ兵法だ一騎打ちだ、腹を切れ首を取った取られたのと。何もかも馬鹿馬鹿しい」

突然話題が変わったが、餡を飲み込んで口を開けばすらすらと苛立ち交じりの言葉が出てくる。

「実際に戦に出てみれば、気が変わるかもしれませんよ」

「変わらぬ。泥も血も嫌いだ。余は戦になど出ない」

「お殿様が戦に出なければ皆困るのでは」

「余は殿様になどならぬ」

あらあらまああ、と、尼はころころと笑った。

「若は本当に賢いですね。戦など、出ない方がよろしいでしょう。武士が落ちる地獄は相場が決まっていますから。そこでは殺生《せっしょう》の罪を犯した者の身体から刀や鉄の爪が生え、罪人同士で無限に戦い合わねばならぬそうです。死んではまた生き返り、苦しみ戦い続ける恐ろしい所ですよ」

「叔父上が喜びそうな所だな」

「若の叔父上は武家に生まれて幸せですねえ」

「そうだな……余も、ああいう性分をしていれば楽だったのかもしれぬ」

「私は、若が今の若で良かったと思います」

尼が頭を撫でてくる。若君は急に気恥ずかしくなって、その手を押しのけた。

「あまり触るな。無礼だぞ」

「あら、ごめんなさい。もうお別れだと思うと、名残惜しくて」

尼はゆっくりと立ち上がって、法衣についた砂を払った。

「そろそろ、旅にでなければいけませんから」

「……そうか」

諸国を巡る旅の途中なのだから、ずっとここに留まっていたことの方がおかしいのだ。

若君が俯いていると、尼は一本の小さな木を指さした。若君と尼が先日共に植えた椿《つばき》の木だ。

「そのような顔をしないでください。いつか、あの木が大きくなった頃。いつもより早く花が咲いたら、また会いに来ますから」

そんな曖昧《あいまい》な約束があるか、と思いながら睨みつけたが、尼は意に介さない様子でふわりと微笑んだ。

「その時、若の気持ちが変わっていたら。私の寿命をそっくり差し上げましょうね」

灯籠《とうろう》の明かりに照らされる白い椿の花を見ながら、城主はそんなことを思い出していた。

庭の木々は艶《つや》やかな緑色で覆《おお》われている。まだ夏だというのに、狂い咲きの椿が咲き誇っていた。

小さな滝は流れ続けている。尼と自分が座っていた石組はまだそこにある。つい昨日のことのような気もするが、もう三十年も前の約束だ。

今の今まで、思い出すことなど殆どなかった。今更尼が来るわけはないだろう。そう思いながら、城主は激しく咳《せ》き込む。喉《のど》から溢れ、草の茂った地面に血が落ちる。

お屋形様、と悲鳴のような声をあげて小姓が近づいてくる。手拭《てぬぐ》いを差し出してくる手が、一瞬止まった。こちらから踏み込んで手拭いを取り、口元を拭いながら一歩離れてやる。小姓は叱られるのを待つようにぐっと目を閉じた。

城主は何も言わず、その横を通り過ぎる。小姓が近づくのを躊躇《ためら》うのも無理はない。

うつる病が怖いのだろう。元服も初陣《ういじん》もまだなのに死にたくはないはずだ。

自分はどうだ。死にたくないと思えるだけの何かがあるだろうか。

覚束《おぼつか》ない足取りで自室に至り、夜具に身を横たえた。自分の咳《せき》が、いつもよりずっと乾いて聞こえた。


「若様。若様。起きてください」

懐《なつ》かしい呼び方をされた。まだ眠い、と答えると、くすりと笑う吐息が降ってくる。

「起きて頂かないと困ります。約束通り、寿命を差し上げに来たのですから」

その言葉を理解するのに二呼吸程かかった。理解したと同時に目を開け、声を発しようとしたところで咳き込む。

「ああほら、無理をしてはいけません」

城主の肩を押して夜具に寝かしなおしたのは、間違いなくあの尼だった。

城主は苦しい息を堪《こら》えながら、その顔を見上げる。あの頃とまるで変わりない。本当に不老長寿なのだな、という感想が自然と胸に落ち込んでくる。

灯明皿に火が灯《とも》っているようで、部屋はぼんやりと明るい。

久し振りに尼を見て、やはり美しいな、と思う。

顔立ち自体に際立《きわだ》ったところはなく、そこらの村娘とそう変わりはないのだが。溢れる生命力というか、尽きることのない若さというか、重ねてきた老練さというか。そういったものが入り混じって奇妙に美しく見えるのだった。

「もう……若様と呼ばれるような歳ではない」

やっとのことでそれだけ言った。

「あら、そうでしたね。ふふ、今はお殿様でしたか」

その笑みがあまりにも記憶通りだったから、つられた城主は童のような笑みを浮かべた。

「久しいな。今までどうしていた」

「そう変わったことはしていませんが。最近は、そうですね。椿の木を色々なところに植えていました」しかし、こんな時期に咲いたのはここだけのようですよ」

尼は、手に白い椿の枝を持っていた。

「そういえば、小姓はどうした。寝ずの番をさせていたはずだが」

「皆寝てしまっていましたよ。可愛《かわい》いですね」

生真面目《きまじめ》な小姓達が皆寝てしまったとは考えづらい。尼の来訪にあたって、不可思議な力が働いているのだろう。そうでなければ、固く閉じた城門を抜けてここまで来られるはずがない。

「立派になりましたねえ、殿。こんなおひげまで生やして」

尼が城主の口ひげを指先で撫でた。こんな扱いをされるのは本当に久しいな、と思いながら城主はされるがままになっていた。

「叔父上はご息災《そくさい》ですか」

「死んだ」

まあそうですか、と言って口元に手を当てた尼はさほど残念そうにも見えない。

「今頃地獄で戦い続けているだろう」

「楽しんでいるといいですねえ。殿は、どうですか。今まで生きてきて、楽しかったですか」

尼が身をかがめて顔を近づけてくる。城主は目を逸らした。

「楽しくは、なかったな。なりたくもなかった殿様に、兄弟を何人も殺してなる羽目になった。攻め込まなければ攻め込まれる。裏切りを許せばまた付け込まれる。策を誤り、無様に逃げ惑っても、死ぬわけにはいかなかった」

「殿は真面目ですねえ。どうですか、そろそろ隠居して余生を過ごしては。二百年程。跡継ぎには困っていないのでしょう」

口の横に手を当てて、内緒話をするように声を潜めた。どうやら、本気で寿命を譲りに来たらしい。

「すまんが、これ以上生きたいとも思われんな」

「気持ちは変わりませんでしたか」

「他をあたってくれ」

「他の者では、釣り合いが取れないのですよ。実は私が今まで八百年で生かしてきた数と、殿の三十年の戦で死んだ数。ちょうど同じくらいなんですよ。すごいでしょう」

尼の言葉をゆっくり咀嚼《そしゃく》して、飲み込んだ後、胸が悪くなった。

「自分が死にたいばかりに、他人の死が重なるのを待っていたのか。酷《ひど》いな」

若君が殿様になり、戦に明け暮れることになると解っていてこの尼は近づいてきたのか。

「ね、いいじゃないですか。殺生の釣り合いが取れれば、きっと地獄に行かずにすみますよ。ずっと戦い続けるなんて、お嫌でしょう、ねえ。殿には向いていませんよ」

肩を摑んで揺さぶってくる。視界は揺れるわ、咳は込み上がってくるわでただただ厄介だった。

こんなに子供じみた人だっただろうか、いや、思い出を美化していただけで三十年前からこんな人だった気もする。

「お願いします、もう疲れたんです」

突然揺れが収まり、尼のか細い声が聞こえた。見上げれば、尼が儚《はかな》げに眉をひそめている。

「人魚の肉を食べたのが悪いことではなかったと、夫は言ったけれど。本当にそうなのか、私にはもう解りません。八百年は長すぎました。私、あの人の言う通り、とっても頑張ったんです。頑張ったんですよ。だから、もう、いいじゃないですか」

人魚の肉の呪《のろ》いより、夫の言葉の方がずっと重く絡《から》みついている。そう気づいた城主は突然、激しく咳き込んだ。この暑くて寝苦しい夜に、こんな迷惑な人に押しかけられるなんて、まったく忌ま忌ましい。

ようやく咳が収まった後、長く息をついて言う。

「解った、貰おう」

「本当ですか」

「これ以上枕元《まくらもと》で騒がれては眠れない」

呆れ交じりに言えば、尼は小娘のように手を打って喜んだ。どうして八百年も生きてきて、こんな無邪気な振る舞いができるのかまるで解らない。

「しかし、二百年か……長いな。もう少し短くてもいいのだが」

「そんなみみっちいことを言うものではありませんよ。男の子でしょう」

あまりにもあんまりな言葉を向けられて、城主は笑ってしまった。尼も軽やかに笑いだす。

二人の笑いは穏やかに立ち消えていき、やがて、ただ目が合った。尼がぽん、ぽん、と城主の胸を叩く。そして椿の枝をかざして言った。

「それでは、殿。お口を開けてください」

城主は仰向けに寝そべったまま口を開いた。そしてその口に、尼は椿の花を押し当てた。

「さあ、食べてください。一枚ずつ。少し苦いですよ」

唇に白い椿の花びらが触れる。尼の顔を見たが、静かに微笑んでいるだけだ。

城主は花びらを一枚歯で挟み、抜き取った。しゃくり、と音を立てて花びらを噛む。

その途端に、濃い血の香りが溢れた。

温《ぬる》い液体が口内を満たし、赤い一滴が口の端から零れていく。それを指先で拭って城主の唇に塗りながら、尼は言った。

「一枚に二十年程。それが十枚です。一滴も零さずに、飲み干してくださいね」

城主は、無理やりそれを飲み込んだ。尼が城主の頭を撫でて言う。

「お上手にできましたね」

咳き込んだ。自分の血とは違う匂《にお》いが喉に絡まっている。苦しさにのたうつが、尼は待ってなどくれなかった。

「さあ、どうぞ。もう一枚」

口元に椿の花が押し当てられる。城主は荒く息をつきながら、次の一枚を口に入れた。

途端に血の味が広がる。美味いはずもなかったが、身体に染みこむほど喉が渇いていくようで、次が欲しくてたまらなくなる。

口に入れられるがままに、一枚、また一枚と噛み締めて飲み込んでいく。そして、五枚目を口に入れたときのことだった。

浅黒い肌の、若い男の姿が脳裏に浮かんだ。そうかと思えば、粗野な見た目の年かさの男の姿が浮かぶ。次々と男の、女の姿が浮かぶたびに解ってきた。

これは尼の記憶だ。尼が大事に思っていた男の、助け合った女達の記憶が流れ込んでくる。

「あと半分ですよ、頑張って」

また花びらが口に押し込まれる。反射的に噛み締めた。そして広がる血の味とともに、なだれ込んでくる数百年分の記憶。

尼の知識により橋が完成して喜ぶ人々。

尼の看病で流行り病が治った人、治らなかった人。

尼が掘り当てた水源によって田に水が満ち、飢饉《ききん》から救われた人。栄養が足りず、手遅れだった人。

尼が出会い、助けてきた人々の、救えなかった人々の姿だった。

白椿に染みこんでいるのはきっと尼の血なのだ。尼の血を体内に取り込むほどに、血に刻まれた記憶がなだれ込んでくる。

限界だ。大量の知識が、記憶が注ぎ込まれて頭が叩き割られるように痛い。しかし尼は城主の口をこじ開けて、花びらを放り込んでいく。

城主はもう意識もまともに保てないような状態で、ただ顎と喉を動かしていた。

尼が女の腹から取り上げた赤子が、食べ物を分けてやった童が大きくなり、次々に戦で死んでゆく。その感情まで流れ込んでくるが、それは意外なほどに空虚だった。

人々が死んでいき、殺されていくことに対する悲しみも怒りも薄っぺらいものだった。尼の感情のうち大きなものは、初めの夫に向けたものだけだった。

最後の一枚が、城主の口に押し込まれる。そして舌先に広がった血は、懐かしい味がした。

尼が偶然訪れた城で、若君に昔話をしてやる記憶。その記憶には少しだけ強く尼の感情が滲んでいて、嘘偽りなく、温かい気持ちに満ちていた。

全てを飲み込んだ城主は、記憶が目まぐるしく渦《うず》を巻く頭を押さえた。

「ああ、本当に、よく頑張りました。とってもえらいです」

尼が城主の額を繰り返し撫でる。

白い椿の花びら十枚。これで本当に終わりだった。

繰り返し荒く息をつき、頭がはっきりしてくるのを待つ。そして城主は気が付いた。

ずっと付きまとっていた胸の痛みが、気だるさがない。咳が出る気配がない。

城主はゆっくりと、上体を起こした。そして確信する。病が治った。これから二百年生きていけそうな程、体力も気力も満ちている。

「ふふ、とっても良い気持ちでしょう」

尼がころころと笑っている。城主は手のひらを握ったり開いたりして、感触を確かめた。

「こんなものを押し付けて、よく悪びれもせずに笑えるな」

想像していたよりずっと重い。年月に尼の記憶と感情が乗って、もう既に八百年生きたような気分だ。

尼を見ると、この一瞬で酷くやつれたように見えた。

相変わらず二十にも届かなそうな顔ではあったが、満ちていた生命力が失われ、代わりに萎《しお》れた老婆のような表情が張り付いている。その不自然さが目に付いて、いっそ醜《みにく》いとさえ言えた。

その有様を悲しい気持ちで眺めていると、尼は目を細めて、城主の頭を撫でた。

「ごめんなさい。でも、嬉しいのです。殿が全てを受け入れてくれたのが……どれ程死にたいと願っても、心のどこかに、死への恐怖があった。長く積み重ねた分、人よりずっと怖いかもしれません。どれだけ人を助けても、何かを残せたなんて思えなかった。だから他の誰かではないあなたに、持っていて欲しいと思った。可愛い子。あの人も知らない、長く続いた私の苦しみ、ずっと忘れないで下さい」

「あまりにも、勝手ではないか」

「勝手です。ごめんなさい。でも、どうしてもあなたにあげたくて。幼いあなたが戦は嫌いだと言ったから。大きくなったあなたが、これ以上生きたくないと言ったから。

やっぱりあなたは、私が思った通りの人でした」

尼は城主を引き寄せた。肩に城主の顔を押し付けて抱きしめる。

そして背中をぽん、ぽん、と叩いた。その手つきが懐かしいもので、抗《あらが》いがたい睡魔に襲われる。城主は目を閉じた。

「でも、私が生かした数より、あなたが殺した数の方が少しだけ多かったみたいですね。その差の分だけ、人助けでもしておいてください。そうしたら、きっとまた会えますから」

次から次に無茶を言う、と思ったが、既に身体は動かなかった。

「おやすみなさい。さようなら」

その声を最後に、城主は眠りに落ちてしまった。


その旅の僧は、四十前後の見た目だったが、妙に若々しくも、老獪《ろうかい》にも見える。

ぼろぼろの法衣《ほうえ》を着て、背筋を伸ばしていた。

村内を迷いのない足取りで歩いていき、一軒のあばら家を見つけると、入っていこうとする。

「おいあんた、その家は入らない方がいいぞ」

そこに声がかかった。鍬《くわ》を持った若者が、こちらを遠くから見て険しい顔をしている。

「八人家族だったが……もう駄目だ。そろそろ家ごと焼き払うしかないだろうって話になってる」

「心配してくれるのか。ありがとう。ついでに、焼くのは少しだけ待つよう皆に伝えておいてくれ」

そう言いながら、引き留めようとする若者を無視して家に入っていく。

中はまだ昼日中だとは思えないほど、暗く淀んでいた。

奥には黒く汚れたござの上にいくつもの遺体が転がっている。垂れ流された糞尿《ふんにょう》と吐瀉物《としゃぶつ》、血と腐敗していく肉の匂いが蔓延《まんえん》して息をするのも躊躇われる程だ。

僧はうじにまみれた遺体一つ一つを確かめた後、最後に倒れている童の身体を軽く揺すった。少し待つと、目やにがこびりついた瞼が僅かに開く。

「おお、やはり生きているな。良かった。水でも飲むか」

背を支えてやり、竹筒を口元に運ぶと、童は縋《すが》りつくように口をつけた。その顔も、腕も、皮膚が爛《ただ》れて膿《うみ》が溢れ、うじが巣食って蠢《うごめ》いている。

「少しずつだ、少しずつだぞ」

奪い取ろうとする勢いの童を押さえて、慎重に竹筒を傾けていく。それでもあっという間に竹筒は空になってしまった。

「よしよし、上手に飲めたな」

僧が言うと同時に、少年は弱々しく腕を突っ張った。どうやら僧から離れようとしているらしい。しかし僧は気にせずに、少年の顔に耳を近づけた。

「どうした、なんだ、何が言いたい……なんだ、そんなことか。心配しなくても私は死なない」

童のか細い声を聞き取って、僧は笑う。そして痩《や》せて汚れた身体をひょいと抱き上げた。

「すまんが、家族のことまで構ってやれんぞ。お前一人で精いっぱいだ。まったく、殺すのは簡単だというのに、生かすのがこんなに大変だとはなあ、いや、なんとか生きてくれ。頼む」

言葉ほどには大変ではなさそうな口調で、外に出る。そこには何十人という人が集まっていて、僧が童を抱えているのを見るとどよめいた。

「おお、出迎えご苦労」

僧は集団の中心をつっきるように、ずんずんと歩いて行った。

悲鳴を上げて、人々が離れていく。病の元を外に持ち出すなんて恥知らずな。あんなにべったりくっついてあの坊さん死ぬぞ。そんな囁《ささや》きが響く中、僧は悠々と進んでいく。

その頭に、誰かが投げた石が当たった。僧が僅かによろめくと、辺りが静まり返る。

僧の頭から、血が流れていた。僧はゆっくり振り向くと、からからと笑った。

「そう心配せんでも、すぐ村を出ていく。その家ももう焼いていいぞ」

そして踵《きびす》を返すと、今度こそ立ち去っていく。それ以上何かを言えるものはいなかった。

僧の腕の中で目を閉じた童は、静かに呼吸を繰り返している。

△△△

「それで、その人はまだ生きてるの」

おたつは尾鰭《おひれ》で水面を掬い、水を孫一郎の方に飛ばして遊んでいる。孫一郎はもうずぶ濡《ぬ》れだった。水を吸って肌に張り付いた襟《えり》を摘まんで剝《は》がし、風を通しながら答える。

「さあ、どうだろう。まだその辺りをうろついているかもしれないねえ。探してみる?」

「別にいい」

おたつはあっさり言うと、自分の尾を気にするそぶりを見せ、尾を追って水中をくるくると回りはじめた。完全に潜ってしまう前に教訓を垂れておかなければと思った孫一郎は、池の縁に手をつき、身を乗り出した。

「人魚の肉を身体に入れて、人の理《ことわり》を外れたおさとは夫と終わりを共にすることができなかった。もはや人でなくなった尼が人と共に生きることは、どうあっても、できなかったんだよ」

「でも、おさとが夫のことを忘れることはなかったわ。それに、お殿様に会えたもの。長い時間をかけて拾い集めて、胸の内に煮詰めた苦しみを全て明け渡してもいいと思える相手に」

くうるりくるりと回り続けた果てに、おたつは、自分の尾を手で捕まえた。しかしそれは一瞬のことで、ぱっと手を離すと孫一郎に向き直った。

「そんなことより、ねえ、人魚ってそんなに美味しいの」

「……まあ、寿命が延びる程の美味しさらしいからね」

「おたつも美味しいのかしら」

「どうだろう。見た目は美味しそうだけど」

「食べてみる？」

予想外の言葉を聞いて、孫一郎はおたつを眺め下ろした。頬は丸みを帯び、肩口を覆う肌は白くて柔らかそうだ。尾を食べるために鱗を剝がすのは大変そうだけれど、その下の肉を薄く切れば向こうが透けて見えるほど滑らかなのかもしれない。

少し考えるそぶりをしてみせてから、孫一郎は言った。

「いや、やめておくよ。八百年も隠居してると小遣いをくれる人もいなくなりそうだし」

そう、と興味無さげに、おたつは朝顔の鉢を引き寄せた。花をまたまじまじと見ながら、尚も問う。

「その尼が植えた、椿というのはどんな花なの」

「え、おたつ、椿は見たことないのかい」

そんな馬鹿な、と思いながら池の周囲を見渡す。少し離れたところにある木を指さして、孫一郎は言った。

「ほら、あの木。冬になれば椿の花が咲くんだ。見たことあるだろう」

「知らない」

おたつは首を振る。見逃しているのだろうか。それとも、この庭にある椿は花をつけぬ性質なのか。

「尼が椿を増やしたみたいに、この朝顔を増やすことはできるの」

おや、と思った。花を増やし育てたいと思う程に、おたつが朝顔を気に入るとは思っていなかったのだ。

「それは、まあ、無理だねえ」

「どうして」

「こういう変わった花をつける朝顔はね、種を作らないいんだよ。種は、普通の花を咲かせる兄弟花からしか取れないんだ。だからこの花は枯れたら終わり。それでも、種が残らなくても、誰かが一時《いっとき》綺麗だと思ってくれるなら、それで良いいんじゃないかねえ」

これ以上食い下がられると少し困るなあ、と思いながら言い含める。おたつは細かく先の分かれた青い花びらをじっと眺めながら尋ねた。

「孫一郎はこの花、綺麗だと思う？」

「あたしは……変な形だと思うけどね。普通の朝顔の方が綺麗だよ」

こんな奇妙な徒花《あだばな》を作って遊ぶなんて本当に悪趣味だ。孫一郎がそう思っている間に、おたつは葉の裏をめくって覗き込んでいる。

「ねえ、孫一郎。この朝顔、おたつに頂戴」

「いいけど、どうするんだい」

ちぎって遊ぶのだろうか。そう思ったのだが、おたつは真剣な顔で言った。

「花が枯れるまで、おたつが世話するわ。毎日水をかけてあげるの」

そうして、また手で水を掬って鉢の中に流し込み始める。そんなに溢れるほど毎日水をやったら、すぐ枯れてしまうだろうなあと思いながら、孫一郎はただ眺めていた。

つらら女

九月九日の重陽《ちょうよう》の日のことだった。買ったばかりの菓子を入れた重箱を包んだ風呂《ふろ》敷《しき》を提げて、孫一郎は歩いている。

通りは露店で賑《にぎ》わっており、人が溢《あふ》れかえっている。その中を縫うように進んでいると、四つくらいの童子が泣いているのが見えた。頭頂部だけ残された髪が束ねられていて愛らしい。

辺りを見渡すも、皆忙しいようで童《わらべ》のことなど気に留める様子もない。ここは暇人が相手してやるしかないかと諦《あきら》めて、孫一郎は童の前にしゃがみ込んだ。

「どうしたんだい、坊や」

童は泣きじゃくるばかりで、どう見ても迷子だ。とりあえず泣き止《や》ませようと、奇妙な帽子を被《かぶ》り、緑の鮮やかな衣装を着た唐人飴《とうじんあめ》売りを呼び止めて飴を買う。

細長い飴を童の手に握らせると、すぐに口に含んだが、それで泣き止むということもないようだった。泣き声をあげながらしきりに飴を舐《な》めていてなんとも忙しい。飴売りも片手に持った太鼓を振り回し、奇妙な踊りをして泣き止ませようとしていたが、効果もなかったようなのでもう一つ飴を買って立ち去ってもらった。

「お名前は言えるかい。そうかい、文太《ぶんた》っていうのかい」

辛抱強く待っていると、飴が小さくなる頃には少しばかり話ができるようになっていた。垂れた目が誰かに似ている気がする。

「今日はおっかさんと来たのかな。おっかさんの名前は言えるかい」

問うと、童は少し口を動かした。耳を近づけて、やっと聞き取ることが出来る。

「おしげ」

聞き覚えのある名に驚いたが、すぐに考え直す。おしげなんてよくある名前だ、と思ったところで、文太、と叫ぶような呼び声がかかった。

振り向いた先にはよく見知った顔があった。かつて孫一郎の妻であったおしげだ。相変わらず感心するほど真っすぐな立ち姿をしている。眦《まなじり》が垂れているのに意思の強さを感じさせるその目を見て、ああこれだったか、と思った。

おしげは一瞬立ち止まったが、すぐに文太に駆け寄って抱きしめ、離れちゃいけないと言ったろう、と優しく叱《しか》りつけた。そして呼吸を整えると、孫一郎に向かって頭を下げた。

「息子がご迷惑をおかけしたようで、申し訳ありません」

「ああ……いや、すぐに見つかってよかった」

「飴の代金をお支払いします」

「いや、いいんだ、そんなものは」

そう告げて、逃げるように立ち去る。背に声がかかったが、振り向きもしなかった。人ごみにぶつかりながら進んでいく。童を抱くおしげの姿を何度も思い描く。別の男とめおとになったとは聞いていたが、子がいたのか。

「よかった……本当によかった」

呟《つぶや》きながらも、つい自分とおしげが別れずにすむ道はなかっただろうかと考えてしまう。だが、何度考えてもそんな道はなさそうだった。商才もなく、姑《しゅうとめ》のきつい物言いから守ってやることもできない夫では心もとないだろう。

手に飴を持っていることに気が付き、仕方がないので飴の端を舐めた。おしげの今が幸せならそれでいい。飴を舐める合間に、よかった、よかったと何度も言い聞かせるように繰り返し呟きながら、孫一郎は早歩きで帰り道を辿《たど》った。

女　ら　ら　つ

「どうしたんだい、こんな日に」

客間に入った孫一郎が座りながら尋ねると、清吉は座したまま軽く頭を下げた。

「ご不在の間に上がり込んでしまってすみません。節句ですから、ご挨拶《あいさつ》をと」

律儀《りちぎ》だねえ、と呟く。

清吉から店の様子を一通り聞き、こちらは相変わらずだと伝えたあたりで、おいねが茶を持ってきた。目の前に茶を置かれて、ありがとうございます、とおいねに頭を下げる清吉を見て思い出した。

「ああ、そうだ。酒を持ってきてくれたんだってね、どうだい、一献《いっこん》」

「いえ、このあと店に戻りますので」

すげなく断られてしまった。酒を持ち込んだ張本人がつれないものだ。おいねもさっさと部屋を出て行ってしまった。すっかり拗《す》ねた心持になった孫一郎は、茶を啜《すす》る合間に、言うつもりのなかったことを口にした。

「そういえば、おしげ、子ができたんだね。もう四つくらいになるのかな」

「まさか、ここを訪ねてきたのですか」

「いや、ついさっき道端で偶然。可愛《かわい》いもんだったよ」

いつも通りの薄い笑みのまま僅《わず》かに表情を強張《こわば》らせた清吉を見て、察する。

「子が生まれたの、知ってたのかい」

「……申し訳ありません」

「別に、清吉が謝る道理はないよ。そうだね、でも、教えてくれても良かったのに」

頭を下げたまま固まる清吉を見下ろしながら、自分の不甲斐《ふがい》なさにため息を吐いた。

こんなことで八つ当たりして弟を苛《いじ》めたって仕方がない。

「なんて。知ろうとしなかったのはあたしの方か」

ふふ、と笑ってみせながら、孫一郎は立ち上がった。

「ごめんね。もう帰っていいよ。忙しいだろうに、来てくれてありがとう」

障子を開ければ、冷たくなってきた風が吹き込んでくる。池を見たが、波紋の一つもなく凪《な》いでいるばかりだった。


池の傍《はた》に立ち、おたつ、おたつ、と何度も呼びかける。最近のおたつは池の底で眠っていることが多く、中々上がってこない。

赤に黄に色づいている庭の木々に、夕焼けの赤が重なっていく。今日はもう駄目だろうか、と風呂敷包みを抱えなおしたところで、ようやく水面が動いた。

ざぶりと上がってきたおたつは池の縁にもたれかかりながら、眠そうな声色で、なあに、と問いかけてきた。

「起こしてすまないね、菓子を買ってきたから食べないかと思って」

「食べる」

即座に答えたおたつは、ぱっと目を見開いた。微笑《ほほえ》ましく思いながら庭石に座った孫一郎は風呂敷をほどき、重箱を開けて差し出した。おたつはずぶ濡《ぬ》れの手のまま両手で菓子を鷲摑《わしづか》みにして口に放り込んでいく。その勢いに少々面食らって、重箱を引きながら孫一郎は言った。

「おたつ、ほら、よく見てごらん。赤い菊の上に真綿《まわた》を被せた形をしているんだ。昔から、重陽の節句の前日に菊に綿を被せ、翌日に朝露を吸った綿で身体《からだ》を拭《ぬぐ》うと、長寿を得られるという、せめてもう少し嚙《か》んでから飲み込もうか」

着せ綿だけでなく、色とりどりの菊を模《かたど》った目に楽しい菓子の詰め合わせだったのだが、そんなことは関係ないとばかりに食い荒らされていく。

これなら栗《くり》の入った握り飯でも沢山《たくさん》買ってきてやった方が良かったかな、と思いながら、頰いっぱいに菓子を詰め込んだおたつを見る。目を輝かせて一心不乱に食べている様に、口端《くちばた》が緩んでしまう。

「おたつが長く、長く生きられるように願って買ってきたんだよ。たんと食べて、大きくおなり」

おたつの頬についた白餡《しろあん》を人差し指の背で拭ってやる。不思議そうに孫一郎を見上げるおたつは、しかし食べる口を止めはしない。近頃のおたつの食欲には目を見張るものがあった。

春先に初めて会った時と比べて少し表情が豊かになったし、言葉の抑揚も大きくなってきた。娘を育てるというのはきっとこんな気持ちなのだろう。そんなことを考えながらおたつを眺めていると、丁度重箱が空になる頃においねが現われた。盆の上に錫《すず》製の銚子と陶器の盃《さかずき》を載せて、狭い歩幅で近づいてくる。受け取りながら孫一郎は言った。

「ありがとう。折角の良い酒だし、おいねもどうだい」

「結構です」

あっさりとおいねは立ち去っていく。誰も彼もつれないものだ。

「じゃあ、なんで盃が二つあるんだろうね」

「おたつが飲むためでしょう」

「そんなわけはないだろう」

まあ、おいねだって間違えることはある。盃に手を伸ばそうとするおたつの手に届かない地面に盃を置いた。白い陶器の盃には薄《う》っすらと黄味を帯びた透明な酒が既に満ちており、鮮やかな黄色の菊の花びらが浮かんでいる。あんな頼りない足取りでよくこれを零《こぼ》さずに運んでこられるものである。

盃に口を付ければ、菊の青い風味が辛《から》く澄んだ酒に溶け込んで喉《のど》に流れ込んでくる。清吉が持ってくるものだけあって質が良い。ぐっと気持ちが上向いて、一気に盃を干してしまった。

「おたつも飲む」

池から身を乗り出すおたつの手が触れる前に、もう一つの盃を取り上げる。ああっ、と非難の声をあげ、おたつは悔し気に眉《まゆ》を顰《ひそ》めた。

「おたつのなのに」

「童が飲むものじゃないよ」

童じゃない、とおたつがばしゃばしゃと尾で水面を叩《たた》く。跳ねた冷たい雫《しずく》を直《じか》に浴びそうになって、孫一郎は慌《あわ》てて止めた。

「やめなさい、今の季節洒落《しゃれ》にならないから」

頰を膨らませて低く唸《うな》りながらも、おたつは尾を水中に収めた。そして孫一郎の着物の裾《すそ》を引きながら別の要求をする。

「つまらない。つまらないわ。ねえ、お酒を飲ませてくれないなら、何かお話しして。人と人じゃないものが夫婦になる話がいい」

「今はそういう気分じゃないなあ」

酒を飲む合間にそう答えれば、おたつがまた尾で水を跳ねさせた。

「やめっ……やめなさい、解《わか》った、解ったから」

水飛沫《みずしぶき》から袖《そで》で酒を守りながら盃に口を付けて飲み干した。少し視界が揺れた気がしたが、すぐに銚子を傾けて盃を満たしていく。

「別に話をするのはいいけどねえ、夫婦なんてねえ、そんないいもんじゃないよ、実際」

久し振りに飲んだせいか、まだ二杯なのに割に酔いが回っている自覚はある。それでも軽くなった思考と口は止まらない。

「あたしも前の妻とはそうそうに別れたし」

「妻、って。何それ。聞いてない」

「言ってないからね」

ははは、と笑って盃に口をつける。その瞬間、ばしゃり、と鋭い水音が聞こえたかと思えば、盃を奪われた。胸元と膝《ひざ》に冷たい重みが伸《の》し掛《か》かり、自分の上におたつがいるのだという事態をようやく把握する。孫一郎があっけにとられている間に、おたつは盃に口を付け、一気に飲み干した。盃を持つのとは逆の手で孫一郎の胸に爪《つめ》を突き立てて、言う。

「童じゃない」

おたつの長い髪から滴《したた》った水が、孫一郎の肩を濡らしていく。胸元に突き刺さる痛みより、肩口に染《し》みていく冷たさより、おたつの瞳《ひとみ》の方が鋭く冷え切っていた。それを見上げながら、酔いで熱く鈍った身体には心地良いくらいだな、とぼんやり考える。

「童じゃないわ」

おたつが高く腕を上げるのを不思議な気持ちで見ていた。素早く振り下ろされた腕は孫一郎の顔のすぐ横を過ぎて、パリン、と高い音が耳の近くで響く。

そして身体の上から重みが消え、水中へ長い尾が潜っていく。そうして波立った池の表面が凪いでいくまで眺めた後、孫一郎は辺りを見渡した。盃だった陶器の破片がそこら中に散らばっている。一つ、二つと拾い集めて合わせようとしてみたが、もうどうやっても元の形には戻りそうにない。諦めて地面に破片を投げ出した。

「寒い」

呟いて自分の身体を抱きしめるように腕を組んだ。背中も首筋も熱さが残っているのに、おたつが触れていた所だけが冷たい。盆を拾い上げて、足早に屋敷に戻る。一度振り向いたが、風に乗った赤い紅葉《もみじ》がはらりと落ちて、僅かに水面が揺れるだけだった。

おたつ、おたつ、と呼びかける。昨日はあんな別れ方をしてしまったから、怒って出てこないのだろうか。

誰が手入れするわけでもない庭の木々は赤く黄色く染まり、所々に藤袴《ふじばかま》や萩《はぎ》、女郎花《おみなえし》が咲いている。それらを眺める余裕もなく、落ち葉の積もる池の周りを一歩一歩踏みしめて、澄んだ池の中を覗《のぞ》き込む。

呼んでも出てこないなんてそう珍しいことでもない。風邪気味だというのにこんなに必死に探し回る必要はないのだ。そう、解っているのだが。無駄に庭が広いせいで池の外周を辿るだけでも一苦労なのに。羽織をかき合わせて、少しでも風に当たるまいとする。

とうとう一周したところで、そういえば中島を見ていないと思い至った。今まで一度も渡ったことのない長い石橋を踏んで、中島に辿り着く。松と紅葉、配された尖《とが》った石の間を歩き、池の中を覗き込むがやはり見つからない。

諦めの気持ちで、橋の下の水面に浮かんでわだかまっている紅葉を眺めた。ため息をつけば、熱い息が逃げたのと引き換えのように背筋に悪寒《おかん》が走る。いい加減屋敷に戻った方が良い。そう思った時、水面を覆《おお》う紅葉の隙間《すきま》に、さらに鮮やかな赤が見えた。

即座にしゃがみ込み、冷たい水をかき分けて葉を散らす。その下には、見慣れた紅白の尾の先があった。橋の下の水の底で身体を小さく丸めて目を閉じている。

「おたつ、ここにいたのか」

ほっとして緩んだ声をかける。しかしおたつは返事どころか、身体を動かすこともしない。最悪の想像が一瞬脳裏をよぎり、何度も名を呼び、水面を叩いた。袖を濡らし、腕を突っ込んでも届かない。いよいよ潜るしかないかと思ったところで気づく。おたつの顔つきは穏やかそのもので、胸元は緩やかに上下している。

「寝てるだけ?」

頭上でこれだけ騒がれて目覚めないなんてことがあるだろうか。しばらくしゃがみこんだままその寝顔を眺めていたが、一つ咳《せ》き込んで、ふらふらと立ち上がった孫一郎は石橋を渡っていった。

「今日も濡れ鼠《ねずみ》ですか」

「おいね、聞いておくれよ、おたつが起きないんだ」

おいねは針仕事から顔を上げようとすらしない。よくこんな薄暗いところで細かい作業ができるものだ。こんな狭くて日当たりの悪い部屋ではなく、もっといい部屋に移っていいと何度も言っているのに、おいねは頑《かたく》なにここを動こうとしない。綿を入れた襖を引き開けた姿勢のまま、孫一郎はおいねの次の言葉を待っている。

半纏《はんてん》を縫い閉じながら、やっとおいねは口を開いた。

「さようですか。いつもより随分早いですが、今年は寒うございますから」

「よくあること、なのかい」

「ええ。ただの冬眠です。あの魚が池に棲《す》みついてから、十五年程になりますか。毎年のことでございます」

そういえば近所の寺の池の鯉《こい》も、冬はほとんど動かなくなってつまらなかった記憶がある。そうか、ただの冬眠。安心して柱に頭をもたせ掛けたところで、違和感を覚える。

「十五年、と言ったかな。おたつはどう見ても十やそこいらにしか見えないんだが」

「ええ、十五年前は五つくらいに見えましたから、少しは大きくなったということでしょうか」

おいねは鋏《はさみ》で糸を切り、針を針山に刺すと立ち上がった。孫一郎は咳き込みながら考える。しかし熱が回った頭ではまったく整理がつかない。

ぐったりと柱にもたれかかって指を折り、何度も数をかぞえていると、すぐ脇《わき》をおいねが通りながら言った。

「布団《ふとん》をしきますから、お部屋までは自力で辿り着いてくださいますよう」

それくらいは流石《さすが》にできる。しかし、柱から身体を引き剝《は》がしてぐらりと揺れる頭に、なるほど、なかなかに難しいようだと気付く。熱く涙の膜が張ったような目を擦《こす》りながら、なんとか廊下に踏み出した。

暖かい自室で布団の中にぬくぬくと収まり、運ばれてきた熱い粥《かゆ》を口に入れる。梅干しの入った白粥は食べるだけで病が治りそうな懐《なつ》かしい味がした。夢中でかき込んでいる間に、おいねが部屋を出ていこうとしたので引き留める。

「思えば、おいねと話すことも今まであまりなかったろう。折角の機会だから、教えておくれでないか、この屋敷と、おたつのことを」

「大人しく、お休みになったほうがよろしいのでは」

「ただ寝ているというのも退屈じゃあないか。ね、いいだろう」

布団から這《は》い出さんばかりの勢いで訴えると、おいねがしぶしぶ布団の横に座りなおす。孫一郎は半分ほど残っていた粥を一気に喉に流し込むと、ごちそうさま、と言って器を枕元《まくらもと》に置いた。その器をちら、と見ながらおいねは口を開く。

「旦那《だんな》様から、どこまでお聞きになっていますか」

「何も聞いていない」

「さようですか」

露骨に面倒そうな顔をされた。無表情なばかりの婆《ばあ》さんだと思っていたが、こうして相対《あいたい》してみると案外表情豊かだ。

「このお屋敷は、旦那様が行き場のない人々の住処《すみか》として用意してくださったのです。そして、初めに置いて頂いたのは私めにございました。二十、数年程前のことです」

「どうして、おとっつぁんはそんなことを始めたんだい」

「旦那様の御心など、私の与《あずか》り知らぬことでございます」

ぴしゃりと言うおいねだが、きっと知っているのだろうと思う。孫一郎にもなんとなく見当がついた。二十と数年程前なら、孫一郎は五歳くらいだったはず。その頃にはもう父と母の関係は冷え切っていた。父が家の外に目を向けたのも無理もないことだろう。

「常に数人ほどが住み、旦那様のお世話になっておりました。清吉様も、このお屋敷でお生まれになったのです」

父親がどこぞから隠し子を連れてきた時は店中大騒ぎだったが、ここか、ここから連れてきたのか。屋敷を訪れて近況を訊《き》いてくる清吉がまったくもって平然としているから思いつきもしなかった。

「だけど、おいねと清吉が親しくしてる様子なんてなかったじゃないか」

「特段、親しくはありませんので。おしめを替えたり、しょうもない悪戯《いたずら》を叱り飛ばしてやったりはいたしましたが」

育ての婆やも同然ではないか。孫一郎は喉に絡《から》みつくような咳の合間に言った。

「なんでそういうこと、言わないんだい。清吉もおいねも」

「今、言っておりますが」

「そうか……そうだね、そうなんだけど」

眩暈《めまい》を覚えて、そっと枕に首を置いた。どんどん身体が重くなっていく気がするが、考えは纏《まと》まってきた気がする。そうなると今度は、清吉がここで生まれたなら当然いたはずの人のことが気になった。

「清吉の母親は、どんな人だったんだい」

父が情をかけた人。弟の母親。孫一郎にとっては顔も知らない他人。

おいねは感傷を乗せることのない声色で続ける。

「特にどうということもない小娘にございました。なにかと育てるのが好きなようで、我が子やら、草花やら、人魚やらを甲斐甲斐しく」

「そう、おたつを育てたのも、その人なんだ」

「ええ、漁網に引っかかった小さな人魚を旦那様が貰《もら》ってきまして。噛むわ引っ掻《か》くわでまったく懐かず。家人《かじん》どもも驚くやら怯《おび》えるやらで煩《わずら》わしかったのでどこぞの川に捨ててこようと何度も思ったのですが、とんだ物好きが付きっきりで世話をして言葉まで教え込んで」

「それはまた。清吉もまだ幼かったんだろうに、妬《や》かなかったのかい」

「妬いておりました。清吉様とおたつで毎日のように喧嘩《けんか》して、びしょぬれのずたぼろにございました」

孫一郎は喉を鳴らして笑った。奇妙ではあるが、幸せな毎日だったのだろう。その、物好きな小娘、清吉の母が流行《はや》り病で亡《な》くなるまでは。

かちゃかちゃと音がする。おいねが器を盆の上に収めて立ち上がろうとしていると気づいた孫一郎は、強請《ねだ》る声色を出してみた。

「もう少し、話を聞きたいのだけれど」

「もう十分でしょう。お休みなさいませ」

おいねがそっけなく出ていく。静かな部屋に一人取り残されてしまった。仕方なく目を閉じたが、身体は熱く重いのに意識だけが張り詰めて眠れない。

天井の木目をぼんやりと見上げながら、考えを巡らせる。清吉は今も庭の池におたつが棲んでいると知っているのだろうか。清吉はもう大人になったというのに、おたつはまだ童のままだ。人魚の年月を人の基準で推し量ろうとすることが間違いなのだろうか。

絡まって煮詰まった思考がようやく眠りに落ち込んでいく。じっとりと高まっていく熱さの中、思い出と妄想が混ざり合った可笑《おか》しな夢を見た。

長引いた風邪が治ると、孫一郎はそこら中を遊び歩いた。昔の道楽仲間を訪ねたり、芝居見物に出かけたり。しかしすぐに喧噪《けんそう》にうんざりしてしまい、本格的に寒くなった頃にはもう屋敷に引きこもるようになっていた。

毎日部屋の中から庭の木々をぼんやりと眺めるが、庭に下りて池を覗き込むことはしない。ただじっと、冬が終わるのを待っている。それなのに今年はいやに寒くて、この辺りには珍しく雪が降ったりした。

おいねが部屋に入ってくる時に開いた障子から、雪が降りしきっているのが一瞬見えた。孫一郎は吹き込んできた風に身を縮める。

「ねえおいね、猫でも飼おうか。撫《な》でていれば暇つぶしになるし、布団に入れておいたら温かいだろう」

「庭の魚が食べられてしまいますよ」

孫一郎の前にぜんざいを置く。孫一郎はさっと箸《はし》を取り、餅《もち》に息を吹きかける合間に言った。

「庭の魚が動かないから暇なんじゃないか」

「こう寒くては凍ってしまっているのでは」

「なるほど、それはあるかもしれない」

「たまには様子を見てきてはいかがですか」

そうだねえ、と孫一郎はぜんざいの入った器を盆の上に置いて立ち上がった。障子をすっと開け、外の寒さを思い出してすぐに閉める。

「雪が止んでからにしよう」
いそいそと戻ってきて座ると、ぜんざいを口にする。良く伸びる餅に上品な甘さの餡が絡まっている。これを食べさせたら、一気に飲み込もうとしてのどに詰まらせるかもしれないな、そもそもおたつには熱すぎるか、とあれこれ考えずにはいられなかった。

翌朝はよく晴れていた。真っ白く染まった庭に陽の光が反射している。

立ち上がって池の周りを歩いていくと、白い雪の下の赤い南天《なんてん》の実や福寿草《ふくじゅそう》の黄色が見えた。それらを通り過ぎて、白い椿《つばき》の木の前に立つ。艶々《つやつや》とした濃緑の葉の間に、純白の椿がいくつも咲いている。ふと下を見ると、雪に紛れるようにして、椿の花が一つ落ちていた。まだ落ちるには早い時期だろうに、と思いながら拾い上げる。

椿の木から離れ、池の中島に至る石橋を足を滑らせぬように慎重に渡っていく。中島の近くで石橋の下を覗き込むと、おたつは変わらずそこにいた。身体を小さく丸めて目を閉じている。本当に凍ってしまったかのようだ。

「ほら、おたつ。これが椿だよ」

椿の花を落とす。水面に浮いた椿にもおたつは反応しない。なるほど、これでは椿を知らないのも無理はない。

「おたつの尾みたいに真っ白だね」

やはり返事はない。もう一度橋の下を覗き込んで、石橋に小さなつららができていることに気が付く。透き通ったそれに一瞬見惚《みと》れて、呟く。

「そういえば、つららを妻にする話があったなあ」

孫一郎は石橋の上に薄く積もった雪を手で払ってから、そこに座った。

「人と、人じゃないものが夫婦になる話さ。おたつ、好きだろう。ここよりずっと寒くて、比べ物にならないほど雪が積もる、北の国の話だよ」

身体を前に傾けると、おたつの顔が見える。その頬も池の水と同じくらい冷たいのだろうかと思いながら、孫一郎は語り始めた。

△△△

軒《のき》に下がったつららを、長い棒で叩き落としていく。

ばきり、みしり、と大きな音を立てて折れたつららが頭の上に落ちてくれば命はない。油断できない作業だった。一時手を止めて息をつく。ずっと上を見上げていたので首が痛い。

伊蔵《いぞう》は厭《いと》わしく思うその心で雪や氷を好んでもいる。日々の雪かきやつらら落としに疲弊させられながらも、時折それらに見惚れる。肩に落ちた複雑な形の雪の結晶も、垂れ下がった透明なつららに映る景色も、いつも目新しく見えて飽きなかった。しかしいつまでも眺めてはいられない。伊蔵は気合を入れなおして、次々につららを落としていく。

大きく尖ったつららが落ちて割れるのは惜しいような気もするが、粉々に砕ける音を聞くと、動きまわって熱くなった背に冷気が走るような気持ちよさを感じる。

夢中になって落としていき、家の裏の一本を落とせば終わりという時だった。伊蔵はそのつららをじっと見上げ、呟いた。

「こんな細っこくてめんこい嫁こが来てくれりゃあ、どんなにいいべか」

実際、そのつららは綺麗だった。他のつららより長く、鋭く、冬の朝の光を集めて輝いているように見えた。

伊蔵はしばらくそのつららを眺めていたが、汗が冷えて身体が震えてくると、ようやく我に返った。そして棒を振りあげたが、あと一寸《ちょっと》でつららに触れるというところで止めた。

家の裏手の一本くらいなら、残しておいてもかまわないだろう。こんな所に入り込んでつららを警戒せず遊ぶような馬鹿《ばか》な童《わらし》はこの辺りにはいない。

伊蔵は重くなった肩を回しながらその場を離れ、家の中に入った。


吹雪の夜だった。

がんがんと、繰り返し戸が鳴っている。明らかに風の音ではないそれに、恐る恐る開けてみると、雪まみれの人影が転がり込んできた。

「ああ、開けてくれてよかっただ。ほんに、夜分に申し訳ねえ」

頭巾《ずきん》を被っていて顔は見えないが、明るく高い声を聞くとどうやら女のようだ。伊蔵より背が高いが、体つきは頼りない程に細い。

「あんた、一体どうしたんだ……」

伊蔵が問うと、その女は雪を払いながら背を伸ばして頭巾を脱いだ。その顔を見た途端、伊蔵は固まってしまった。

雪のように白く、青みを帯びてさえ見える肌。切れ長の瞳。通った鼻筋に薄い唇。伊蔵が今まで見たこともないような美しい女だった。

「旅のものだが、道に迷ってしまって。どうか、どうか一晩、泊めてもらえねえべか」

手を合わせて、鋭い顔つきに似合わない人懐っこい笑みを浮かべている。伊蔵はただ、声も出せず、何度も頷《うなず》くことしかできなかった。

おふゆと名乗ったその女は、一晩では出ていかなかった。何日もたち、ますます雪が深くなっても当たり前のように伊蔵の家にいる。

その日もおふゆは、竈《かまど》で火を焚《た》いていた。なるべく火から離れるように距離を取り、長い手をいっぱいに伸ばして薪《まき》を放り込んでいる。

火が怖いなら自分がやるからと何度言っても、火なんか怖くないと言い張るので任せているのだ。

眉間《みけん》の皺《しわ》を深め、必死の形相で火吹き竹を吹く姿は滑稽《こっけい》ですらあったが、それすら可愛らしくて、伊蔵はずっと眺めていた。すると、ふと振り返ったおふゆが切れ長の目を丸くする。

「伊蔵さん、熊《くま》に履かせるわらじでも作っとるべか」

はっと手元を見下ろすと、まさしく熊にでも履かせなければ合わないようなわらじが編みあがりつつあった。

「ああ、いや、これは……」

この頃ずっとこんな調子だ。おふゆに見惚れてしまってまったく仕事にならない。

おふゆはくすくすと笑いながら近寄ってきて、地面に座り込んでいる伊蔵と目を合わせた。そして伊蔵の手を取る。

溢れんばかりの笑顔だったおふゆが、さっ、と表情を一変させた。

「伊蔵さん、どうしただ。いつも火傷《やけど》しそうなぐらい熱いのに」

え、と一声出して、伊蔵は寒さで鈍くなった頭を働かせる。そういえば、わらじを編めたのが不思議なくらい手がかじかんでいる。いつもはひんやりしているおふゆの手が、温かく思えるほどだった。

おふゆは、ああっ、と高く声を上げると土間に飛び降りて、開けっ放しだった戸を閉めた。そして伊蔵の元に戻ってくると、首根っこを摑んで竈の前に放り出した。

「ちょっと涼しい方がいいべと思って開けっ放しだった、わりがった」

おふゆが泣きそうな顔で、わりがった、と何度も謝ってくる。竈の火に手をかざし、伊蔵は自分が酷《ひど》く凍えていたことに気が付いた。

おふゆは熱を嫌う。飯は十分に冷ましてからでなければ手を付けず、身体を清める時も湯ではなく雪水に身を浸す程だった。そしておふゆに見入った伊蔵は寒さを忘れてしまうので、こうしたことは数日に一度繰り返されている。

もう慣れたから構わないのだが、おふゆはいつも以上に落ち込んだ様子だった。

「伊蔵さんの助けになればと思って置いてもらってたが……これ以上迷惑はかけられねえ、いい加減出ていくだ」

ばたばたと出ていこうとするおふゆの袖を、伊蔵は慌てて摑んだ。おふゆを抱きしめると、ひやりと寒気に包まれるような心地がする。

身体が凍えているせいか頭が痛い。上体が重い。苦しい呼吸のまま、伊蔵は懇願した。

「後生《ごしょう》だ、行かねえでくれ。おれの嫁こになって、ずっと一緒にいてくれ」

あまりの寒さに歯が嚙み合わなかったが、それだけは何とか言えた。

おふゆはぼろぼろと涙を流して、何度も頷いている。

抱き寄せて頰を合わせると、その涙は雪が融けたばかりのように冷たかった。

寒さで鈍った思考のせいにして、おふゆが何者かということは考えないようにしていた。

しかし村の誰かにおふゆの存在を知られてはいけないという気持ちだけはしっかりとあったので、おふゆを家から出さないようにしていた。だがそんなことができるのも籠《こも》りがちな冬の間だけだ。

「おふゆ、春になったら伯父さに、おれたちが夫婦になったことを報告せねばな」

伊蔵が固くなった飯を食べながら言うと、おふゆは狼狽《うろた》えたように口元に手を当てた。

「春になったら、だべか。もうすぐだな……」

おふゆは椀《わん》と箸を握ったまま、じっと俯《うつむ》いている。

「なんだ、嬉《うれ》しくねえか。なら、止めとぐか。なに、夫婦なんて、お互いが知ってれば十分だべ」

やはり人に知られてはならぬのか。伊蔵が慌てて言い募ると、おふゆは立ち上がった。

「いんや、あんたの伯父さに認めてもらえたら、こんなに嬉しいごとはねえ」

そう言いながら土間におりて、戸をがらりと開けた。風がびゅうと入り込んでくる。ただならぬ雰囲気を感じとって、伊蔵が宥《なだ》めるように声をかけた。

「まあ、まだ先の話だ」

「すぐだ。もう、すぐに春になる」

外の景色を眺めながら、おふゆは目を細める。

「雪が融けて流れてく……」

泣きそうに震えた声で呟いた。その頼りない立ち姿にすら目を奪《うば》われて、伊蔵は言葉を失った。

その日も伊蔵はつららを落としていた。

近頃は刺すような寒さではなくなり、雪も伊蔵の腰より高くは積もらなくなってきている。つららもあまり大きくならなくなってきたので、手間もだいぶ減った。家の裏手に回って、なおもつららを落としていく。

そしていつもどおり長く鋭いつらら一本だけを残して作業を終わろうとして、伊蔵は気が付いた。冬中そこにあったつららがかなり細くなっている。

「ああ、もう春がくるな」

呟いて、寂しくなる。雪をかき、つららを落とすたいへんな仕事から解放される喜びとともに、しばらく雪に見惚れることもなくなる悲しみが襲ってくる。

「また、寒い冬が来たら……」

声が聞こえて振り返ると、おふゆが立っていた。

毎日見ていたその姿は急にやつれたようで、いつも以上に頼りなく見える。

それどころか綺麗《きれい》な顔を歪《ゆが》めてぼたぼたと涙を流しているから、伊蔵はつらら落としの棒を放り出しておふゆに近づいた。しかしおふゆは伊蔵から逃げるように後ずさる。

「おふゆ、具合でもわりいのか」

「また、寒い寒い、凍えそうな冬が来たら、戻ってくっから」

おふゆは叫ぶと、背を向けて走り出した。

いったいどうしたのか、と追いかける伊蔵の背後で、ばきん、と大きな音がする。見ればあのつららが折れて、地面に落ちて粉々になっていた。

その破片に日の光が当たって煌《きら》めくのに一瞬気を取られたが、そんな場合ではないとおふゆの方を向く。しかし、そこには誰もいなかった。

こんなに早く走り去れるものではない。まるで、あっという間に融けてしまったかのようだった。

呆然《ぼうぜん》と立ちすくむ伊蔵の足元を風が吹き抜けていく。その風はもう、雪国育ちの伊蔵には冷たいと思えなかった。

おふゆがいなくなってからも、日々は続いていく。

春になれば伯父に馬を借りて田を起こし、苗を植える。夏は田の草を取り除き、秋はひたすら稲刈りに追われる。

淡々と日々を過ごしながら、伊蔵は待っていた。

「伊蔵、お前もそろそろ嫁こを貰う頃合いだべ」

農作業の後の親類の集まりで伯父にそう言われても、伊蔵は頑なに断った。

冬になればおふゆが戻ってくる。そう信じている。そしてようやく、また冬が巡ってきた。

小さなつららを棒で叩いても、ぱらぱらと軽い音をたてて落ちてくるだけだ。

この冬はいつになく暖かく、雪も伊蔵の胸より高く積もらない。このままでは作物に良くない影響が出ると、村中大騒ぎだった。

しかし伊蔵の気持ちは、作物の出来とはまったく関係ないことで沈みきっていた。

おふゆが戻ってこない。昨年のこの時期には、もう二人で共に暮らしていたのに。

おふゆはもうこないのだろうか。それどころか、おふゆなどという娘が本当にいたのかすら疑わしく思えてくる。あれは自分が冬に見た幻だったのだろうか。

そんなことを悶々《もんもん》と考えながら縄を綯《な》う。見惚れるものも無いから、わらじも俵《たわら》も簡単に編みあがってしまった。

「お前、およしちゃんを嫁こに貰ったらどうだべ」

春の祭りの後、村の男衆で集まって飲み食いをしている場だった。伯父にそんなことを言われた。

「な、童のころよく一緒に遊んどったろ、およしちゃん。よくうちの手伝いに来てくれるんだが、働き者でいい子なんだ。少し前に父親を亡ぐしてなあ、な、歳《とし》もちょうどいいべ」

およしというのはどうやら遠い親戚《しんせき》にあたる娘で、およしが童の頃伯父の家に少しの間預けられていたため会ったことがあるらしいのだがまるで覚えがなかった。

「いや、おれに嫁こはまだ早《はえ》えべ……」

おふゆのことを諦められない。嫁を貰うことなど考えられなかった。

お前はいつまで一人でいるつもりだ、と伯父が説教しながら、杯になみなみと酒を注《つ》いでくる。飲まずに誤魔化していると、既に酔っ払った若い衆が絡んできて、飲むように囃《はや》し立てた。

伊蔵は散々渋ったが、結局はおふゆに会えない悲しみを振り切るようにそれを飲み干した。

「ようし、もうちょっと頑張っておくれな」

およしが、優しい声で馬を宥めている。田を耕している時に、急に馬が機嫌を悪くして動かなくなってしまったのだ。

およしが鼻面《はなづら》を優しく撫でてやり、馬の口輪につけた竹を引くと、やっと馬が動き出す。

祝言《しゅうげん》はあっという間に行われた。

村の集まりで酔いつぶれた翌朝には伊蔵が婚姻を了承したことになっており、村中の人間におめでとうと言われ、およしに引き合わされたら盃を交わすことになっていた。そして共に暮らし、今は二人で畑を耕している。

馬の引く鋤《すき》で固い土を起こしていく。およしが来てから生活は格段に楽になった。

およしは本当によく働く嫁で、飯を炊《た》く手際《てぎわ》も良いし、田に堆肥《たいひ》を撒《ま》くのも黙々とやるし、気難しい馬にいうことをきかせるのも上手《うま》い。

もちろん、おふゆと比べると見た目は美しくなかったが、そんなことが頭をよぎるだけでも罰が当たりそうな、それほどできた嫁だった。

「伊蔵さん、そこまでやったら馬を休ませてやったほうが良《い》いす」

のんびりと言うおよしに返事をして、鋤に力をこめる。悪くない生活かもしれない、と思った。


　夏は田んぼの草を取り、秋はひたすら稲を刈る。毎年のことだったが、およしがいると本当に有難い。単純におよしがよく働くというだけでなく、二人で会話しながら働くとぐっと張り合いが増す。そんな思いがふと、呟きになって出た。

「およしが嫁にきてくれて、本当に良がった」

その日は刈り取った稲を二人ではさ掛けにしていた。束にした稲を棒にかけながら、およしが答える。

「急にそんたごと言って、どうしたんだす」

「いつも並み以上に働いてくれて、ほんとにおれにはもったいねえできた嫁だ」

突然褒められて戸惑った様子だったが、およしは手を止めない。伊蔵は畳み掛けた。

「なあ、なんでおれの嫁こになろうと思ってくれたんだ」

「そんなの、伊蔵さんはどうしてなんだす」

「おれは……伯父さに勧められたからなあ」

「おらも一緒だす。伊蔵さんの伯父さには、世話になってるから……ほら、伊蔵さん、そっちからも掛けねえと倒れちまうす」

言われて、およしの反対側から稲を掛けていく。およしがいつも以上の速さで働きだしたから、伊蔵もついていくのに必死になる。

そうやってしばらく黙々と働いて、あと少しで今日の分が終わるというところで、およしが話し始めた。

「二人ともまだこんなちっこい童だったころ、二人で遊んだすな」

「ん、ああ、そだな……」

正直なところ伊蔵はまるで覚えていなかった。

童の時分は相手など気にせず遊び倒していたから、その中にいたのだろうが。

「おらが怪我《けが》したメジロの子を拾った時、一緒に世話したす」

ああ、あれはおよしだったのか、と伊蔵は心の中で手を打った。忘れていたが、そういえばそんなことがあった。相手の顔も名前も覚えていなかったが。

「結局メジロの子は死んじまっただが……伊蔵さんは一緒に泣いてくれたから。だから、嫁こになろうと思ったす」

そんな昔のことで、とは思ったが、どんぐりまなこを細めてはにかむおよしが愛《いと》しく思えて、童の頃の自分に感謝する。

相変わらず凄《すご》い速さで仕事をするおよしを眺める。手を止めるな、とまたおよしに叱られて、伊蔵は口元を緩ませながら稲を掛けていった。

伊蔵は棒を振り上げて、軒下のつららを落としていく。

落とし損ねがあって、後になっておよしの頭につららが落ちてきては大変だ。

今年はまた寒さが戻ってきて、雪の量もつららができる速さも呆《あき》れるほどだった。ばきり、べきり、と大きな音を立ててつららが落ちていく。

形を保ったまま雪の上に落ちたつららの透明さに一時心惹《ひ》かれたが、この後雪かきもしなければならないことを考えると休んでばかりはいられない。また棒を振り上げてつららを落とす。

そしてようやく家の裏手に至る。一つ一つ確実に落としていって、ついに最後の一本になった。

そのつららは、長く、一際《ひときわ》尖っていた。空の色を映して、日の光に輝いている。

今度こそほんとうに、伊蔵は見惚れた。近頃殆《ほとん》ど思い出すことがなかったおふゆを何故《なぜ》か今思い出して、胸が締めつけられるようだった。

汗で濡れた身体に風が吹きつける。身体の震えを自覚しながらも、伊蔵はつららから目を離せない。足まで凍ってしまったように、伊蔵はつららを見上げていた。

「伊蔵さん、落とし終わっただすか」

背後からおよしの呼びかける声がして、ようやく身体を動かすことができた。固まってしまった首を、無理やりおよしの方に向ける。

「どうしたんだ、変な顔して……その上真っ青でねえすか」

伊蔵は自分の顔を触って表情を確かめた。不自然に口角が上がっている。

「こんなに冷えて……早く家ん中に入ったほうがいいだす」

およしに手を引かれてその場を離れる。去り際に目の端に映った氷の柱が、一段と美しくぎらりと光った。

「具合でも悪いだすか」

およしが眉を寄せて訊いてくる。伊蔵ははっと我に返って顔を上げた。

およしは心配そうな顔で、伊蔵の手元を見下ろしている。

「全然食ってねえす」

確かに、伊蔵の手に持った椀には、大根の葉の入った雑炊が半分以上残っている。椀に口をつけてみると、雑炊はぬるくなってしまっていた。

「わり、少し……ぼうっとしとった」

「具合が悪いならもう寝た方が」

「ああ、いや……ちゃんと食うから、心配はいらね」

まだ囲炉裏の火にかかっている鍋《なべ》から雑炊を掬《すく》い上げ、自分の椀に足した。雑炊を喉に流し込むと、心地よい熱が胃の腑《ふ》に落ちて身体を温めてくれる。

ほう、と息をつく。外は吹雪の音がしているが、部屋の中は暖かい。

「およしは……冬は好きか」

そんな問いが口をついて出た。およしは不思議そうな顔をしながらも答えてくれる。

「好きでは、ねえな。雪も寒さも、あまりにも辛《つら》い。おらは春が好きだす。花が咲いて、メジロの子が飛ぶ練習を始める……ここよりずっと南にいくと、もっと冬が短くて、春が早く来て、夏が長いらしいすな。その方が、よっぽど良い」

伊蔵はその言葉に頷いて、雑炊を喉に流し込んだ。温かくて美味《おい》しい。およしの味付けはいつだって優しい。空になった椀を置いて、伊蔵は言った。

「そうだな、他所《よそ》のことは知らねえが……ここの冬は辛いべな。あまりに寒くて厳しい。でも、おれは冬が好きなんだ。綺麗で、残酷で、儚《はかな》くて……いや、やっぱり駄目だ。あのつららは落としちまわなきゃいけねがったんだ、人は冬と共に生きてはいけねんだ」

伊蔵が立ち上がる。そして土間に下りて家の外に出ていこうとするから、慌てておよしは止めた。

「ど、どうしちまったんだすか」

「つららを一本落とし損ねたんだ」

「なんだす、そんなことで。こんな吹雪の夜にそんな恰好《かっこう》で飛び出していったら家の前で凍え死んじまうすよ」

およしは伊蔵を宥めて座らせた。背中を撫でるおよしの温かい手を感じながら、伊蔵は顔を両手で覆った。

「およし、おれはな、二つ前の冬に、つららを嫁に貰ったんだ」

およしの返事を待たず、伊蔵は堰《せき》を切ったように語りだした。

一本のつららを落とさず残したこと、吹雪の夜におふゆと出会ったこと。嫁にする約束をしたこと、寒い冬に戻ってくると言って、おふゆが消えてしまったこと。

口を挟まず最後まで聞いたおよしは、童に言い聞かせるように言った。

「でも、そんなの……二つも前の冬のことだす、きっと春になって融けちまったんだ」

「だが、また現われたんだ。あんなに綺麗なつららが他にあるわけねえんだ」

伊蔵はまた立ち上がったが、今度はおよしは止めなかった。

伊蔵がずんずん進んでいき、戸に手を掛けようとしたところで、がん、と音がした。

伊蔵もおよしも動きを止める。

静まり返った中に、がん、がん、という音が響く。伊蔵は顔を青ざめさせて、一歩後ずさった。

一層大きく木戸が叩かれたと同時に、弾《はじ》かれたようにおよしが動いた。伊蔵の袖を引いて下がらせ、自分が前に立つ。それと同時に勢いよく木戸が開いた。

吹雪がなだれ込んでくる。そして、頭巾を被った女が入ってきた。

「なあんだ、開けっぱなしだったのか。不用心にもほどがあるべ」

朗らかに言いながら雪まみれの頭巾を脱いだ。

そうして現われたのは、雪のように白く、青みを帯びてさえ見える肌。切れ長の瞳《ひとみ》。通った鼻筋に薄い唇。

おふゆだ。おふゆは部屋の中を見渡すと、伊蔵を見つけて相変わらずの人懐っこい笑みを浮かべた。

「えへへ、伊蔵さん、会いたかっただ」

おふゆは駆け寄ろうとしたが、目の前に立ちふさがったおよしを見て、首を傾《かし》げた。

「おめ、誰だ？」

およしは、大きく息を吸い込んでから言った。

「おらは、この人の嫁だす」

「嫁……違うべ、伊蔵さんの嫁はおらで、ずっと一緒にいようって……え、え？」

おふゆは、何度もおよしと伊蔵の顔を見比べて、やがてぼたぼたと涙をこぼした。

「そっか、前の冬は暑がったから、おらが戻ってこれなかったから……」

そして、両手で顔を覆って大声で泣き出す。伊蔵もおよしもあっけにとられてしまった。

しかしあまりに激しい泣きようだったから、およしがためらいながら近づいていく。そしてその肩にそっと手を掛けようとしたところで、おふゆが顔を上げた。

その瞳を真正面から捉《とら》えて、およしは崩れ落ちるように座りこんだ。自分の身体を抱きしめるように腕を回している。

おふゆは手を伸ばして、がたがたと震えるおよしの頬を撫でた。

「おめ、めんこいなあ。こんなめんこい嫁こが来たんじゃ、おらのことなんて……」

おふゆはしゃがみ込んで、およしの額に自分の額を付けた。とたんに、およしの頬からさっと色が引く。何かを言いたげに口を開くが、青ざめた唇からは何の音も出せないようだ。

伊蔵はその場の張りつめた静けさに動けずにいたが、なんとか声を絞り出した。

「待て、お、およしは許してやってくれ」

おふゆが涙に濡れた顔で微笑んで、伊蔵を見上げた。

「ふふ、じゃあこの娘っこは許すとして、伊蔵さんは凍らせちまってもいいべか」

「おれの事はどうしてくれても良いから、およしだけは」

「……冗談だべ。伊蔵さんを凍らせるつもりなんてねえ」

おふゆは無表情で、すっと立ち上がると伊蔵に向かって歩き出した。

戸は開け放たれているが、それだけではない冷気が襲い掛かってくる。囲炉裏の火はまだ赤く燃えているのに、一歩も動けぬほどに寒かった。

伊蔵の目の前におふゆが立つ。

ただじっと見てくる目元の、睫毛《まつげ》についた涙が凍って白くなっている。戸口から吹雪が吹き込む中で、おふゆの立ち姿はまっすぐに伸びるつららそのものの美しさに見えた。

こんな時だというのに、責めるように冴《さ》えわたるおふゆの美貌《びぼう》に見惚れてしまう。

おふゆがそっと手を伸ばして、伊蔵の胸元に縋《すが》りついた。

「酷い。酷いべ。おらのこと忘れて、あったらめんこい嫁こもらって楽しく暮らして、おらがどんなに会いたくて、悲しくて悔しかったかも知らねえで」

おふゆが震えている。伊蔵は凍えそうな腕をなんとか動かして、おふゆの肩を抱いた。

「わりがった」

それしか言えなかった。先程まで抱いていた恐怖が消えて、ただおふゆを忘れていた罪の重さだけが伸し掛かってくる。

伊蔵は氷のように冷たい身体を抱きしめた。おふゆがおずおずと手を伸ばし、こちらの背に回してくる。

「伊蔵さん、な、これからはおらと一緒にいてくれるべ」

おふゆの懇願に、一瞬迷う。おふゆの肩越しに、凍えながらも必死にこちらを見上げてくるおよしの強い目を見た。

およしと過ごした春を、夏を、秋を思い出す。苦楽を共にして稲を育て、収穫を喜び、釜《かま》の温かい飯を分け合う豊かな日々だった。

しかしそれを端から凍らせていくように、おふゆと過ごした冷たい冬が頭の中を侵食していく。寒くて白くて綺麗なばかりで、気を抜いた伊蔵がいつ凍え死んでしまってもおかしくないような、そんな日々だった。

伊蔵は目を瞑《つむ》った。

「……そうだな。おふゆ。一緒に居よう。これから先、ずっと一緒だ」

「ほんとか？　ほんとだな。嬉しい……」

おふゆが強く抱きしめてくる。伊蔵は頬をおふゆの頬に合わせ、冷たさを享受《きょうじゅ》した。

その瞬間、重い衝撃に抉《えぐ》られる。思わず仰《の》け反《ぞ》ると、自分の胸から生えた氷の柱が見えた。

透き通ったそれは血に塗《まみ》れて、てらりと光を放ち、ぶよぶよとした黄色い塊を付着させている。

背を貫き、胸に至る激痛。冷えていた身体が一気に沸騰《ふっとう》するように熱くなり、視界が明滅する。息ができない。口から血の泡が溢れだしていく。

「熱い。伊蔵さんの血は、こげに熱かったんだな……おら、知らなかった……」

おふゆが苦し気に顔を歪め、悲鳴のような息をついた。

伊蔵が反射的に身体を引こうとすると、氷がもっと深く伊蔵の身体を穿《うが》つ。苦しい。吸い込んだ息が、胸に空いた穴から漏れ出すようだ。

伊蔵は膝をつく。同じように身体の力を失ったおふゆが伊蔵の肩に頭をもたせかけ、人差し指の先で、伊蔵の胸に空いた穴と刺さった氷の境をなぞった。その指にべったりと血が付く。

「え、へへ……こうやって融けて、混ざれば……ずっと一緒にいられるべ……」

苦痛の滲《にじ》んだ顔で微笑むおふゆの顔が何よりも綺麗に見えた。

そうしているうちに痛みも、苦しみも寒さも忘れていく。背から、胸からどくどくと噴き出す血が温かい。

吹雪の音が止んだようだった。

「き、れいだな……」

血が粘つく喉で呟いた。最後の力でおふゆの頬に手の平を添える。もう殆ど冷たいと思えないのが寂しかった。

氷の表面が融けて、浮いた血と混ざっていく。ただ透明で、綺麗なばかりだったつららが血と混ざって濁っていくのを惜しいと思った。

△△△

孫一郎はそこまで語って、また橋の下を覗き込んだ。

椿の花はとうにどこかへ流れてしまっている。身体を丸めて目を閉じるおたつは、話を始めた頃とまったく変わらない様子だ。

孫一郎は手を伸ばして水面にふれ、ばしゃばしゃと水を乱した。それでもおたつは少しも動かない。

ただ指先を冷やしただけに終わった。そこでようやく自分が凍え切っていることに気が付く。雪の積もる庭で、冷たい石橋にずっと座っていたのだから当たり前だ。

「あたしは、寒いのは嫌いだね」

孫一郎は呟いた。雪国の寒さがどんなものかは知らないが、好きこのんでそんなところに住みたくない。

途方もなく積もり重なる雪の白さも、人を貫くほどに鋭いつららの美しさも、話に聞くだけで充分だ。

「おたつは、どうだい。やっぱりおたつは、これも幸せな結末だって言うのかな……」

おたつは答えない。長い睫毛に縁どられた瞼《まぶた》は閉じたまま、ただ、長い髪が緩やかな流れに揺蕩《たゆた》い、尾鰭《おひれ》の先の柔らかな部分が揺れている。

死んでいるみたいだな。そんな言葉が浮かぶ。もしこのまま目覚めなかったらどうしよう。もう生意気な口を利《き》くことも、甘味を奪うように食べることもない。表情を変えることも、動くこともなくなって崩れて水に溶け、土に還《かえ》っていく。そんな結末がすぐ近くに迫っているとしたら。その時、自分はどうする。耐えられるのか。また前みたいに誰にも心を傾けずに生きていけるのか。

どんどん暗い方に落ちていく思考を無理やり引き戻した。確かに喉も胸も少しも動かないが、何か強い生の色を感じる。食事も摂《と》らずただ眠り続けているのに、なんだか秋頃より大きくなった気すらする。

「まあでもやっぱり、おたつに冬は似合わないか」

孫一郎は立ち上がった。足先の感覚が殆ど無い。暖かい部屋に戻っておたつの目覚めを待つことにしよう。

蛇女房

「しばらく見ないうちに、大きくなったもんだねえ……」

孫一郎は呟《つぶや》いた。見つめる先には、寝ていた間の分を取り戻す勢いで握り飯に齧《かじ》りつくおたつがいた。

その背も尾もすらりと伸びきり、人の娘の三年分は成長したように見える。上体だけみれば大人に近い身の丈だ。

今年ももうすぐ桜が咲きそうだなあ、とぼんやり庭を歩いていたらまだ冷たい水をもろにかけられ、寝起きの人魚に食事を強請《ねだ》られた。久々の再会だというのに風情《ふぜい》も何もあったものではない。

「しかしまあ、随分寝たもんだ。他所様《よそさま》の池の亀《かめ》はもう一月《ひとつき》も前には起きてたっていうのに」

そう言い終わらぬうちに、孫一郎の手に持った皿から最後の握り飯が奪い取られた。おいねがしぶしぶ六つも握ってくれたのにあっという間だった。

一心不乱に食べ続けるおたつを眺め降ろす。ずっと食事を摂《と》らずに眠りこけていたというのに体つきは僅《わず》かに丸みを帯び、顔も幾分大人びて見える。頬いっぱいに米を詰め込んでいるので少々解《わか》りづらいが。

人間とは違う理《ことわり》の上に生きているのだろう、と思う。ここしばらく池の中を覗《のぞ》き込むことをしていなかったのは、どこか予感があったからかもしれない。おたつが起きる頃には、何かが決定的に変わってしまっている、と。それが怖かったのか待ち遠しかったのかは自分でも解らない。

おたつは握り飯を食べ終わると、恨めし気に空の皿を睨《にら》んでいる。孫一郎は苦笑した。

「もう一度おいねに何か貰《もら》ってこようか」

それを聞いたおたつは、今更のように孫一郎の顔をまじまじと見た。そして僅かに首を傾ける。

「おはよう」

「……はい、おはよう」

挨拶《あいさつ》の順序が滅茶苦茶だ。おたつの声は、秋頃より少し低くなっている。

「おたつがいない間、寂しかったでしょう」

「そうだね、寂しかったよ」

おたつは、そうでしょう、と満足げに米粒のついた指先を舐《な》めている。その時一瞬見えた歯が気になった。

「ちょいと、おたつ。口の中を見せてごらん」

おたつは素直に口を開けてみせた。そうして見えた歯に驚いて思わず手を伸ばす。親指で下唇を押さえると、尖った歯がずらりと並んでいるのがよく見えた。秋頃は人と変わらない歯をしていたはずだ。寝ている間に生え変わったのだろうか。歯ぐきから出てきたばかりのような歯もある。

おたつがまだか、というように唸《うな》る。もうちょっと待って、と止《とど》めながら人差し指を上の歯に強く当ててみる、と同時におたつが口を閉じた。途端に走った痛みに驚いて手を引く。見れば、切れた指先の皮膚から血が滲《にじ》んでいた。

嚙《か》まれたのだ。そう理解しておたつを見ると、孫一郎以上に驚いた様子で目を丸くしていた。孫一郎はじんじんと痛む指先を押さえながら訊《き》いた。

「おたつ……何で嚙んじゃったんだい」

「……何でだろ」

不思議そうに、おたつが下唇を舐めた。

「ああ、こら、舐めちゃ駄目だよ、ぺってしなさい」

「もう飲み込んだわ」

おたつはさっさと気を取り直したらしい。まあ、口に手を突っ込んだ奴の方が悪いか……。

「なんというかまあ、えらく立派な歯になったもんだね」

「可愛《かわい》いでしょう」

「可愛いねえ」

尖った歯を見せびらかすように口を開けるおたつに、頷《うなず》きながら雑な誉《ほ》め言葉を返した。

自分は何に戸惑っていたんだろう。背が伸びようが歯が尖ろうが、おたつの言動はさして変わらない。この分なら去年と同じような生活が続きそうだ。

孫一郎は血が滲む指先を池につける。おたつはもう自分の髪の先に興味を移していたが、水の中に血が広がる一瞬だけ、そちらに意識を向けたようだった。

おいねによれば、清吉の母親が生きていた頃、つまり清吉がこの屋敷にいた頃は、おたつの背も毎年順当に伸びていたのだという。尾と足の違いこそあれ、清吉とおたつは同じくらいの歳《とし》に見えていたが、清吉の母親が病に倒れ、屋敷においねとおたつしか居なくなってから、おたつの背は伸びなくなった。

おいねからしてみれば、屋敷の手入れの一環で池の懐《なつ》かない魚に餌《えさ》をやり続けているという程度だったようだし、お互いの仲が良いということも悪いということもなくただ月日が流れていっただけらしい。長く成長する様子を見せなかったのに、いきなり大きくなったのは何故《なぜ》なのか。冬に眠る前、童《わらべ》じゃない、と断言したおたつの鋭い目を思い出す。

「それにしては、半端《はんぱ》な仕上がりになったものだけれど」

背が伸びたとはいえまだまだ身体《からだ》は薄いし、せいぜい十三やそこらにしか見えない。

「何が半端なの」

おたつが長くなった腕を池の縁にもたせかけて訊いてくる。

「いや、それがね、よく行く菓子屋が新しい菓子を思いついたってんで一つ貰ったんだけど、なんだか妙な仕上がりで。何を入れたのか訊いても教えてくれないのさ」

「おたつの食べる分は」

「間違いなく美味《おい》しい桜餅《さくらもち》がある」

庭石の横に置いていた重箱を、おたつの前で開けてやる。ぎっしり詰まった桜餅のうちから二つ取ったおたつは、間髪入れずに齧りついた。

その食べっぷりを眺めながら、孫一郎も一つ手に取り、葉を剝《は》がしてから口に入れた。上品な餡《あん》を包んだ薄い生地には葉から移った塩味と桜の香りが残っている。あの店は変な菓子を作る度に味見させてこなければ本当にいい店なのだが。

「思い出したわ」

おたつが頰をいっぱいにしたまま言った。飲み込んでから喋《しゃべ》りなさい、と言えば素直に飲み込んだ。そして手に持った桜餅をしげしげと眺める。

「この、桜餅。前の春に、孫一郎と食べたのが初めてだと思ったのだけれど。違ったみたい」

清吉の母が買い与えたのだろう。きっとおたつが知っていることの殆《ほとん》どは彼女が教えたことで、おたつが知らないことは彼女が教えられなかったことだ。

「それも美味しかったかい」

「美味しかったわ」

「清吉も一緒に食べたのかな」

おたつは桜餅を齧りながら首を傾《かし》げた。

「ここの屋敷にいただろう。おたつと同じくらいの、小さな子」

おたつは考えるように眉をひそめながらもぐもぐと口を動かし、最後にごくりと喉《のど》を上下させた。

「そうね。いたわ。あれがいるとおたつの取り分が減るから嫌だった」

「たまに来るあたしの弟が、大きくなったその清吉だよ」

「そう。解ったわ。だからあいつ嫌いなの」

おたつは手を伸ばしてまた桜餅を手に取ると、葉ごと齧った。

「最近、色々なことを思い出す。おたつね、ここに来る前、ずっとずっと、すごく長い間、広い水の中にいたの。すごく退屈で、ずっと待ってた」

「待ってたって。何を」

答えは返ってこない。

おたつは無言で何かを思い出そうとするかのように宙を見つめる。しかしすぐ諦《あきら》めてしまったのか、また重箱の中身をどんどん減らしていった。そして最後の一個になった桜餅を名残惜し気に眺めている。

「でもやっぱり、おたつは孫一郎と食べる桜餅がいっとう好きよ」

何気ない台詞《せりふ》に、なんだかこそばゆい気持ちになる。食べ終えて、満足げに指を舐めるおたつを見ながら、どうしてか落ち着かない。

「そうだ、久しぶりに何か、お話でもしてあげようか」

「いらない」

断られてしまった。浮き足立っていた自分が急に恥ずかしくなる。冬の間にいろいろ話を仕入れておいたのに、これでは甲斐《かい》がない。左膝《ひざ》に頬杖《ほおづえ》をつき、上目《うわめ》に桜の木を見上げる。一輪、二輪。枝の先に薄く色づいた花が咲いている。

「花が、咲いたね」

独り言のように呟くと、おたつが木の先を見上げた。おたつに初めて会って、猿婿《さるむこ》の話をしたのが丁度一年前だ。

「ねえ、孫一郎」

呼びかけられて、そちらに向く。おたつの睫毛《まつげ》は、孫一郎の記憶より長かった。

「おたつね、着物を着てみたいの。とびっきり、綺麗《きれい》なのがいいわ」

「うん、そうか……そうだね。何か、仕立ててあげようか」

孫一郎は目を閉じて、長く息をついた。春の柔らかい風が頬に当たって心地よい。小さく、水の跳ねる音がする。耳も塞《ふさ》いでしまいたい気分だった。

「随分、早かったね」

「ええ、他の誰でもない兄さんのためですから、大急ぎでご用意いたしました」

別にそんなに急がずとも良かったのにな、と懐《ふところ》に手を入れた。いつもの客間だが、いつもと違って開け放った障子から庭が、池が見える。

清吉は池などに興味を示すことなく、早々に風呂敷包みを解いて葛籠《つづら》を取り出した。そこから次々に襦袢《じゅばん》だの、振袖《ふりそで》だの、帯だのを取り出す。

「どうぞ、お手に取ってご覧ください」

清吉が染《し》みついた商売用の笑みを浮かべる。孫一郎は並べられた品々を眺め降ろし、指先で生地を確かめると、呆《あき》れを隠さない顔で言った。

「若い娘に着せる着物を持ってきて……とは頼んだが。なにもこんな上等なものでなくていいだろう。大事な商品だってのに……早々に隠居したろくでなしにこんな贅沢《ぜいたく》品与えてどうすんだい」

「いいえ、兄さんに相応《ふさわ》しいものならば、このくらいは当たり前です」

「なにもあたしが着るわけじゃあるまいし」

「おや、違いますか」

白々しい。冗談のつもりかもしれないが、弟の洒落《しゃれ》はいつも面白くない。

「誰に着せるかなんて、解っているだろう。寸法も伝えたし、足袋《たび》も履物も頼まなかったんだから」

孫一郎は顎《あご》で池を示したが、清吉は孫一郎を正面から見据えたまま、瞳を動かすこともなかった。

「ええ、あの痩《や》せた小魚ですら姫君に見えるような、絢爛《けんらん》な品をお持ちしましたとも」

清吉は薄い笑みを崩さない。童の時を共に過ごした相手だというのに、懐かしさなどはないのだろうか。

「会って話していったらどうだい。冬の間に背が随分伸びた、この着物に合うくらい」

「私も中々、背が高くなったと思うのですが」

清吉の返答が、今までのやり取りに不釣り合いなほど大きく響いた。驚いて清吉の顔をまじまじと見ると、笑みが少しひきつっている。そんな顔は久々に見た気がして、孫一郎は喉を鳴らして笑った。

「そうだね、大きくなった。まあ、それでもあたしの方が高いが」

十年前はおどおどした小僧だった清吉も、今では大店《おおだな》を預かる旦那《だんな》様だ。ただ老《ふ》けていくのは自分だけ。背だけは抜かれる心配がなさそうなのが救いだろうか。

「着物、持ってきてくれてありがとう。いつもね、感謝してるんだよ、清吉には」

素直に礼を言えば、狼狽《うろた》えた様子の清吉は手をさまよわせた。それを眺めながら、孫一郎は懐に入れている手を軽く握る。

「ごめんね、赤子が産まれたばかりで忙しいだろうに、呼び出して」

「そんな、いつでも呼んで頂いて良いのですよ。もう少し落ち着いたら息子も連れてきます」

「うん……いや、しばらくはいいよ。まだ首もすわらないだろう」

自分から甥《おい》っ子の顔を見に行けばよいだけなのだが、店にはどうも訪ねて行く気がしない。

ただ目を細める。自分の知らないところで日々新しいものに触れて、大きくなっていく赤子のことを思った。

池の縁に肘《ひじ》をついたおたつは、孫一郎から顔をそむけた。

「いらない」

「おたつが欲しいって言ったのに」

「清吉が選んだ着物なんていらない」

この一点張りである。着物選びを清吉に任せたのが大層気に入らなかったらしい。

とはいえ、水に潜らないところをみると、まだこちらに興味があるのだろう。孫一郎は着物を大仰に広げて見せた。

「ほら、綺麗だろう」

その着物は真っ赤な地に、花々が飾られた薬玉《くすだま》が描かれていた。菊、桜、藤《ふじ》と華やかに彩《いろど》られた中でも、菖蒲《しょうぶ》の葉の緑が一際《ひときわ》赤に映えて見える。よくもこんな、糸を染めるところからおたつのために仕立てたような代物《しろもの》をほいと寄越せるものだ。

孫一郎はそっと袖に右腕を通し、肩にかけながら立ち上がった。背を向けて着物の柄を見せ、腕を上げて袖を揺らしてみせる。こちらを見つめている気配を感じて、ふふ、と笑ってみせた。

「おたつがいらないなら、あたしが貰っちゃおうかな」

「だめ」

おたつが厳しい声で止めた。

「孫一郎には可愛すぎるでしょう」

「そうかい？　似合うと思うけどねえ」

女形《おやま》を真似《まね》た足取りで回って見せれば、着物の裾《すそ》が緩やかに広がる。苛立《いらだ》った様子のおたつが水面を尾で叩《たた》いた。

「だめ。おたつが着る」

まったく、着る気になってくれてありがたいことだ。ただ喜んで欲しい、なんて珍しく抱いたいじらしい男心を無下にされては困るのだ。手を伸ばして着物を引《ひ》っ手繰《たく》ろうとするおたつを押しとどめて池のへりに腰かけさせ、髪と身体を手拭《てぬぐ》いで拭《ふ》かせた。

自分で着ると煩《うるさ》かったのでやらせてみると、案の定上下をひっくり返したり、身八口《みやつくち》に手を突っ込んだりしている。

「着せてあげようか」

「そうね。着せさせてあげる」

許しが出たので襦袢から着せていく。早く早くと急《せ》かされながら襟を合わせ、伊達締《だてじ》めを巻く。振袖に腕を通させる頃には、おたつは飽き始めている。

「ねえ、まだ」

「まだだねえ、ほら、帯も綺麗だよ」

急いで銀糸の縫い込まれた黒い帯を巻いてやる。一度普通に締めたら苦しいと言われたので、緩めてやり直す。

「まだきつい」

「ええ、これ以上緩めるのは……我慢しておくれよ、ちょうちょみたいな形に結んだげるから」

「やだ、もうこれでいい」

するりと孫一郎の腕を抜け出して、結びかけの帯を長く垂らしたまま池に飛び込んでしまった。

「……こうなる気はしていたよねえ」

どこぞのお姫様に着せても恥ずかしくないような振袖が、絢爛な帯が瞬《また》く間に水浸しである。

おたつは一瞬水面に上がっていたずらっぽく笑うと、また潜って池の中を泳ぎ始める。

「まあ、いいか」

自分の懐が痛むわけでなし。もはや呉服屋の若旦那ではないのだから、着物を粗末に扱ったとて誰に怒られることもない。懐かしいな。散々甘やかされた自覚はあるが、着物の扱いに関してだけは厳しく教えられたものだ。目利《めき》きについてはそれなりに褒められたこともあるが、それを売ったり仕入れたりとなるとまるで駄目だった。

桜の花びらが浮かぶ水の中、黒く長い髪が、尾の赤と揃《そろ》いの色の振袖が、銀糸の煌《きら》めく黒い帯が、濃く赤が散る白い尾がなびいている。伸びて揺蕩《たゆた》う水草の間をすり抜けるように泳いでいくから、緑の上で赤が鮮やかに見えた。

随分遠くまで泳いで行ってしまったから、ただ赤い影が時折水面近くまで上がってくるのが見えるだけだった。それくらい広い池なのに今日は狭すぎる気がして、少し安心する。

見上げれば、桜の花はもう盛りを過ぎて、僅かに残った花も風に散って水面に広がっていく。暖かい日差しを感じながら花びらが落ちていくのを眺めていると、近くで水の音がした。池の方を見ると、おたつが戻ってきている。

「泳ぎにくい」

「それはまあ、そうだろうね」

「帯も解けたから返す」

びしょびしょになった銀糸の黒帯を受け取って畳んでいると、おたつが続けた。

「もう飽きた。脱いでいい？」

脱いでいいも何も、着たいと言いだしたのはおたつなのだが。

「別にいいけれど……せっかく似合っているし、もうちょっと着といたらどうだい」

「似合ってる？　可愛い？」

「可愛い可愛い」

そう言ってやると満足そうに頷いた。そして自分の着物姿を見下ろして、白い花びらの浮く水の中でくるくると回りだす。振袖に描かれた花々が水中で舞い踊るような
それを見て、孫一郎は小さく笑う。

「ねえ、おたつ、お話をしてあげようか。人と人じゃないものが夫婦になる、そんなお話」

「いらないわ、御伽話《おとぎばなし》なんて、童みたいだもの」

「あたしが、きいて欲しいんだ。ねえ、頼むよ」

いつもと同じように庭石に腰かけて、膝の上で指を組む。

「それなら、仕方ないからきいたげる」

おたつもいつもと同じように池の縁に手を揃えた。着物の裾と尾鰭《おひれ》が、水の中を揺蕩っている。それを見下ろしながら、あと何回お話を聞いてくれるだろうかと思う。

孫一郎は顔を少し下げて、低い声で語り始めた。

△△△

ああ、これは人じゃあるめえな、と作兵衛《さくべえ》はやけに香り高い汁物を啜《すす》っていた。作兵衛の前に置かれた膳《ぜん》の上には、身の詰まった大きな赤い魚、瓜《うり》の香物、高く盛られた白い飯。解るのはそんなところまでで、とにかく見たこともない豪奢《ごうしゃ》な料理が並んでいる。

とても現実とは思えずぼんやりしていると、美女が作兵衛の手に盃《さかずき》を握らせてきた。盃にとろりとした白い酒を注《つ》ぎきり、微笑《ほほえ》んで見上げてくるその女の顔は涼やかに美しく、白い単《ひとえ》を幾重にも重ね、粗末な畳についてしまうほど長く艶《つや》やかな黒髪を垂らしている。

姫君とはきっとこういう見た目をしているのだろうと思わせる姿だ。

いつも通り炭焼きの仕事をすませて窯場《かまば》から家に帰ってみれば、みすぼらしい土間にこの女がいて、おかえりなさいませ、そう言ったのだ。そして何が何やら解らぬ間に足を洗われ、茶の間に座らされ、豪華な夕餉《ゆうげ》を振舞われている。

作兵衛は真面目《まじめ》なだけで気の利いた会話などできぬ性分であったため、じっと考え込んだまま黙々と箸《はし》を運ぶことしかできなかった。

そしてすっかり空になった膳を下げる女を見て、そんな綺麗な着物の裾を土間に引きずっては勿体《もったい》ない、と口に出せずにいた。

しばらく女は細々と働いていたが、やがて一段落したのか茶の間に上がってきて膝をついた。

食事は口に合ったか。仕事で疲れていないか。他にしてほしいことはあるか。矢継ぎ早にされる問いに曖昧《あいまい》な返事を返しているうちに、何がどうしてそうなったのか、女は畳の上に手をついて、頭を下げていた。

「私を貴方《あなた》の妻にしてください」

本当に、何が起こっているのかわからない。

三十を越して嫁もおらず、このまま一人寂しく死んでいくのだろうかと思っていた矢先だ。

どう返事をしていいか解らずに固まっていると、女が恐る恐るといった風に顔を上げてこちらの様子をうかがって来る。それまでは伏し目ばかりで瞳《ひとみ》がよく見えなかったが、瞼《まぶた》が押し上げられると黒目がちに潤《うる》んだ瞳が覗いた。

蛇の目。

作兵衛の脳裏に閃《ひらめ》いたものがあった。そういえば昨日、山道の真ん中で干からびそうになっていた白蛇を助けてやったのだった。

日陰につれていって水をかけてやっているうちに元気になって動き出したので追いかけていくと、山中の澄んだ泉に滑り込んでいった。

礼を言うように振り返った蛇の目はこんな風に艶やかに黒かった。

「こんなうだつの上がらない男でよければ……どうか嫁に来て欲しい」

作兵衛は深々と頭を下げた。人の姿をとってまで妻になってくれるのならば、蛇だって構わない。

そうして始まった生活は、作兵衛にとってまさに夢のようだった。仕事を終えて家に戻れば、美しい妻、おせんが夕餉を作って待っている。

こんなぼろ屋には豪勢な料理や絹の着物などはそぐわないのだということを納得させるのには苦労したが、今ではすっかり貧しい炭焼きの暮らしに馴染《なじ》んでくれたようだ。

そうしてすっかり寒くなった頃、その日はやって来た。

「私が子を産むまで、決して中に入らないで下さい」

「わ、わかった。今産婆《さんば》を呼んで来るから」

「いりません」

ぴしゃりと断られて、作兵衛は狼狽えた。

産婆にもすでに話をつけてあるし、お隣のおかみさんも助けに来てくれることになっている。それなのに妻は、囲炉裏の横に藁《わら》を敷いてたらいに水を張ってくださいと頼んだきり、それ以上の助けを拒んだ。

そして奥の部屋に籠《こも》ってしまったから、作兵衛は襖の前でおろおろするしかない。ただ、妻が苦しむ声を聞いていた。

部屋に入った時は日が沈もうかというころだったのに、もうすぐ朝になってしまう。

一際大きな唸り声がした。

嫋《たお》やかな妻から発せられたとは思えない声に恐ろしくなる。しかしその声もどんどん弱々しくなって、合間に早い呼吸が混ざる。

何度も、襖を開けそうになった。

本当に一人で大丈夫なのか。やはり産婆を呼んだ方がいいのではないか。水はあれで足りるのか。心配がぐるぐると巡って居ても立っても居られない。

しかし作兵衛は頭を抱えて、ただ待った。苦し気な呼吸と時折聞こえる、何か長いものを引きずるような、床をのたうつような音を聞くたびに見てはいけないという意識が強くなる。

見てしまえば、今まで通り妻とともにはいられないという確信があった。

襖を背にして座り、ただ待ち続ける。どうか、おせんが無事で、子も元気で生まれてきますように。それだけを祈り続けていた。

長い時そうしていたが、えええええ、と震えるような声が突如響いて、はっと頭を上げた。

今のは赤子の泣き声ではないのか。

「おせん、生まれたのか」

呼びかけたが返事はない。いっそもう開けてしまおうかという気持ちをぐっとこらえる。

「おせん、どうした、大丈夫か」

「もう少し待ってください」

けたたましい産声《うぶごえ》とともに、静かな声が聞こえた。たしなめられた作兵衛は座りなおす。

それからまた何刻《なんどき》も待ったような気がしたが、きっとそれほど長くはなかったのだろう。赤子の声が小さくなってすぐ、おせんの声が聞こえた。

「貴方、来てください」

「入っていいんだな」

「ええ」

　ようやく許しを得て、作兵衛は襖を勢いよく開けた。

　おせんが敷かれた藁の端に横たわり、赤子を抱いている。藁の中心がべっとりと血に濡《ぬ》れているのに一瞬怯《ひる》んだが、すぐにおせんのそばに跪《ひざまず》いた。

「おせん、よくやってくれた」

　溢《あふ》れそうな涙をこらえながら赤子を見た。

　水で流しきれない血で汚れたふにゃふにゃの赤子が、口を開いたり閉じたりしている。切られたへその緒の余りがだらりと下がっていた。喉が何度もへこむのを見て、こんなに呼吸が速くて大丈夫なのかと心配になる。

「ほら、抱いてあげてください。男の子です」

　赤子を差し出す妻の髪は見たことがない程乱れて顔色も悪かったが、それが何よりも美しく見える。

　恐る恐る受け取って腕に抱いた息子の湿った肌は、とても熱く感じた。

おせんが作ってくれた粟《あわ》の粥《かゆ》を啜りながら、作兵衛はその光景を眺めていた。長い髪を束ねたおせんが麻の着物を緩め、ようやく首のすわってきた赤子、弥太郎《やたろう》に乳をやっている。

幸せだな、と思う。随分長い間、一人で暮らしてきた。自分にこんな幸せが訪れるなんて想像もしていなかった。

乳をやり終わり、おせんが腕の中で赤子を揺らしながら子守唄《うた》を歌っている。知らない子守唄だったのだが、おせんが歌うのを何度も聞いているうちに懐かしいような気がしてきている。

それを聴きながら、作兵衛はもう殆ど眠ってしまいそうだった。しかしその唄が突然止まり、作兵衛は目を開ける。

おせんが眉《まゆ》を寄せ、自らの頬を押さえていた。

「貴方、坊やを」

弥太郎を差し出してくるので、慌《あわ》てて椀《わん》を置いて受け取ると、おせんは駆け込むように奥の部屋に入ってしまった。

どうした、と何度呼びかけても大丈夫と繰り返すだけだ。

「少し休みます。部屋には入らないで、弥太郎をお願いします」

そう言ったきり、おせんは閉じこもってしまった。

作兵衛は仕方なく、囲炉裏の傍で弥太郎を寝かしつけて自分も寝転がった。奥の部屋で何か小さな物音がするのを聞きながら浅く眠る。

そして朝。奥の部屋に声をかけても返事の一つもない。一刻待ったが、ついに弥太郎が火のついたように泣き出した。乳が欲しいのだろう。おせんに頼むしかない。

「おせん、開けるぞ」

返事がない。

部屋には入らないでと言われているのに、入っていいものだろうか。

しかし時が経《た》つにつれ、中で倒れているのではないかという焦《あせ》りが募って、ついに作兵衛は襖を開けた。そこにおせんの姿はなかった。

いくら待っても妻は帰らない。隣の家に乳を貰いに行っても息子は少しも飲もうとしない。作兵衛が寝ている間にこっそり出て行ってしまったのか。一体どうして。

そういえば最近、具合が悪そうにしていることが多かった。もっと話を聞いてやればよかった。医者にかかるように強く勧めればよかった。

作兵衛はぐるぐると考えを巡らせながらしばらく赤子を抱えて途方に暮れていたが、夕暮れが辺りに広がるころ、赤子を連れて家を飛び出した。

記憶を頼りに山道を登っていく。あの日おせんに、あの白蛇を見送った泉まで。窯場を越えて普段使う道を逸《そ》れ、獣道を進んでいく。

身体にあたる木の枝から泣く子を庇《かば》いながら、作兵衛は焦っていた。勢いのままここまで来てしまったが、もう日も沈みそうだ。明かりもなく、いつ猪《いのしし》が出るやもしれぬ山中をやみくもに進んでよいものだろうか。

しかしここまで来て引き返せない。忙《せわ》しなく足を踏み出す。だんだん暖かくなってきてはいるが、山の風はまだ少し冷たい。

一刻も登り続けて、ようやく泉に辿《たど》り着く。もう日は沈んでしまったが、ありがたいことに月が丸く明るかった。

岩壁を背にして透き通った水を湛《たた》えた泉がある。大きさや深さだけ見れば、腰まで濡らせば十数歩で越えられそうな泉なのだが、踏み込むのを躊躇《ためら》うような不思議な気配があった。

「おせん、おせん、出てきてくれ」

幾度も呼びかけて、その度に望みが削られていく。

馬鹿《ばか》なことをしていると頭では思いながらも、ここに来れば会えるだろうという確信めいたものを胸に抱いていたのに。

「頼む、おら一人では弥太郎に乳の一滴も飲ませてやれんのだ」

弥太郎はまだ泣いている。腕の中で発される泣き声が頭に響く。煩いばかりで早く止《や》んでほしいと思っていた弥太郎の声が段々弱まってきているように感じて、こちらまで泣きだしたいような無力感が募っていく。

月の光が下りてきて、水面を煌めかせている。

仰ぐように天を見て、満月を囲む薄い虹《にじ》の円に一瞬見惚《みと》れた。そしてそんな場合ではないと我に返り、ふたたび水面を見ると……そこに妻がいた。

泉に膝まで浸《つ》かり、初めて家に来た時と同じように白い単を重ねて長い髪を垂らしている。妻が淡く光を放っているように思えて、その光に誘われるように一歩を踏み出す。そして澄んだ水に足首を濡らすと同時に気が付いた。

おせんの頬が、首が、白い鱗《うろこ》に覆《おお》われて、月の光が当たって輝いているのだ。

ああ、だから水面に落ちた月と同じように虹色を帯びて輝くのだな、と、作兵衛はただただ安堵《あんど》していた。

「おせん、よかった。ここにいたのか」

おせんは俯《うつむ》いたままこちらを見ようともしない。作兵衛は赤子を抱えなおして駆け寄った。

「来ないでください」

慌てて、立ち止まる。気づけば膝まで水に浸かっていた。

あと数歩の位置にいる妻がやけに遠く感じる。長い髪で半分以上顔が隠れているが、その肌の所々が鱗に覆われているのはよく見えた。

「ご覧のとおりです。ずっと隠していたけれど……私は人ではありません。だから、お別れです」

目を伏せたおせんの言葉に、頭がぐらりと揺れる。

「そんな、こと……おらが知らんとでも思うたんか。お前が蛇だということくらい初めからわかっとる。それでも妻になると言ってくれたから一緒に暮らして、こうして子宝も授かって、それをお前、こんな急に終わりにしてしまうつもりなんか」

おせんは泣き笑いのような奇妙な表情をした。そして何度も息を吸いなおし、つかえながら言い募る。

「ごめん、なさい。水から離れて、人の真似をすることは私にはこれ以上できません。本性というものは、見えていない間だけ隠しておける。そういう……ものなのです。

けれど貴方が気づかないふり、をしてくれたから、随分もちました」

こうして向かい合っている間にも、おせんの顔の鱗が増えていることに作兵衛は気が付いた。限界を示すように、じわじわと額に、目尻《めじり》に、口端に浮き上がってくる。

「だが、それでは、弥太郎はどうするんだ。このままでは死んでしまうぞ」

その時、腕の中の息子がやけに大人しいことに気が付く。見ると、息子はなにやら黒い玉をしゃぶっていた。

艶々としたそれから白い液が滴《したた》っては、弥太郎の口の中に落ちていく。驚いて取り上げようとしたが、赤子なりに手に握りこんで離そうとしなかった。

「それを坊やに持たせておいて大事にして下さい。乳の代わりになります」

はっと見上げると、おせんの肌はもう一分《いちぶ》の隙《すき》も無く鱗に覆われていた。

「困ったことがあったら、また会いに来てください。きっとなんとかして差し上げます」

その笑みはいつも通りだったが、真っすぐ立とうとする姿勢は悲しい程弱々しかった。

不安に駆られた作兵衛が口を開いた時、ざあっ、と風が吹き、ばらばらと水滴が落ちてきた。驚きに一瞬目を閉じてしまえば、もうそこに妻はいない。

泉はただ透き通る水に満ちて、静かな輝きを湛えていた。

おせんに貰った玉さえ持たせておけば、弥太郎は大人しかった。背負って仕事をするにしても、籠《かご》に入れて作業場の隅に置くにしてもまったく手がかからない。

その日も作兵衛は薄い粥を喉に流し込み、背に弥太郎を括《くく》りつけて仕事に出かけようとしていた。そこに声がかかる。返事をする前に、玄関の木戸が開き、恰幅《かっぷく》のいい女が立っていた。

「作兵衛さん作兵衛さん、弥太郎ちゃんの様子はどうだい」

「はあ……このとおり、大人しいもんで」

曖昧な答えを返す。

お隣のおかみさんは何かとこちらを気にかけてくれて助かるのだが、作兵衛はこの人が少々苦手だった。

「おや、また子連れで仕事かい、邪魔になるだろう。いい男が子守りなんてするもんじゃないよ。うちの子と一緒に面倒見てあげるから置いていきなよ」

「いや、そう何度も預かってもらっては申し訳ないし……」

「構うもんかい。嫁さん、当面帰ってきそうにないんだろ？　困ったときはお互い様だよ。さあさあ、仕事に行った行った」

半ば奪われるように背から弥太郎を降ろされながら、作兵衛は気弱に言う。

「あの、この玉のことだが」

「解ってるよ、黙っててほしいんだろ？　不思議なもんだねえ、こんなもんしゃぶってるだけで乳もいらないなんて」

弥太郎を胸元に抱き寄せて、無造作に玉を摘まみ上げる。突然玉を奪われた弥太郎はたちまちに機嫌を悪くし、泣き声を上げ始めた。

「はーいはい、取りやしないよ。返すからいい子におし」

玉をもう一度弥太郎に握らせて、おかみさんは上下に身体を揺らして弥太郎をあやし始めた。

「よーしよし、いい子だ。ほら、親父《おやじ》殿はさっさと食い扶持《ぶち》を稼ぎに行きな」

そうして、作兵衛は追い出されてしまったのだ。

妻のいない生活にも少し慣れてきた頃だった。その日も早めに仕事を終えて弥太郎を隣のおかみさんの所に迎えに行ったのだ。

しかし山を下りて村に入ってすぐ、ただならぬ雰囲気を感じ取った。普段から村の人間とはあまり付き合いはないが、作兵衛を見かけると立ち去ったり声を潜めたりする異様さには流石《さすが》に気が付いた。

胸騒ぎがして、自分の家より先に隣家に走り寄る。

赤子の泣き声が漏れ聞こえる木戸を叩けば、隣の旦那が開けてくれた。

「作兵衛、よく来てくれた。こんなことになってなんと詫《わ》びればいいのか……」

言い淀《よど》む旦那に招き入れられて中を見ると、顔を赤くして泣く弥太郎を、おかみさんが抱いていた。弥太郎の手にあの玉は握られていない。

「これは、一体どうしたんだ」

問えば、おかみさんが身をよじるようにしてこちらを向いた。

「聞いとくれよ、殿様の使いが来てあの玉を持って行っちまったんだよ」

「そんな、なんだってあんなもんを」

「知るもんか、百姓風情が持っているものではないから召し上げるの一点張りだよ」

手足をばたつかせる弥太郎を受け取って宥《なだ》めるが、泣き止むものではない。

作兵衛はなおも話しかけてくるおかみさんの言葉にも答えずただ弥太郎を見ていたが、やがて家の外に飛び出した。

「どこ行くんだい」

おかみさんの声が背中にかかるのを聞きながら走った。妻のいる山を見上げる。暗くなりはじめた空に満月がかかっていた。

囲炉裏の傍に寝そべって弥太郎の胸元を小さく叩きながら、作兵衛は考え込んでいた。いったいどうして、殿様は赤子に乳をやる以外の役に立たない玉などを欲しがったのか。

眠いなら寝ればいいものを、重い瞼を開けようと頑張っている弥太郎の手には艶々とした黒い玉が握られ、囲炉裏の火を映して不規則に揺れる光を放っている。

玉が奪われたのは昨夜のことだ。この子が泣くと私も辛《つら》い、差し上げましょう、と言いながらおせんはまた玉を手に握らせた。

これが無くなれば本当に最後です、といったおせんの顔は、暗闇《くらやみ》と髪に隠れて見えなかった。

恨み言の一つも言わなかったが、この玉はおせんにとって大事なものだったのではないか。もらってしまって良かったのだろうか。

弥太郎に呼吸を合わせているうちに作兵衛の意識は薄れていく。いよいよ眠りに落ちそうになったところに木戸が開く音がして、作兵衛は落ちるような感覚とともに飛び上がった。

土間に下りてみれば、隣のおかみさんが立っている。

「どうしたんだ」

「いや、作兵衛さん、ごめんねえ、旦那にも止められたんだけど、弥太郎ちゃんがどうしてるかと思ったらいてもたってもいられなくて」

おかみさんは茶の間のほうを覗き込んでくる。

「おやっ、あの玉、もう一つあったのかい。ああよかった。あたしが預かってる時にとられたもんだから、気になってたんだよ」

放っておくと茶の間に上がりこんできそうなおかみさんの前に立ちふさがる。

「気にしてくれるのはありがたいんだがね、あの玉で本当に最後なんだ。くれぐれも、他の人には黙っててくれ」

「なんだい、あたしが言いふらしたからとられたってのかい」

「そんなことは言っとらんが」

「はいはい、解りましたよ。弥太郎ちゃんを預かる時だってちゃあんと隠しておきますとも」

「それなんだがね、いつもいつも預かってもらって悪いからもういいよ。仕事に連れてったって邪魔にならんから」

「遠慮なんかしなくていいよ。お隣のよしみじゃないか」

「いや本当にいいから、おたくの子もそろそろ寝かしつけなきゃならん頃だろう」

おかみさんは尚《なお》も弥太郎を心配する言葉を並べていたが、木戸の外まで押し出されると、しぶしぶ立ち去って行った。

木戸を閉めて茶の間に戻ると、弥太郎が寝返りを打って囲炉裏に落ちそうになっていた。慌てて弥太郎を助けその傍に座り込む。

「おせんが帰ってきてくれりゃあなあ……」

ぽつりと呟けば、一気に疲労感が襲ってきた。玉が欲しくて山に行ったわけではないのだ。本当は帰ってきてもらいたかった。

弥太郎はまた玉をしゃぶっている。これさえ持たせておけばまったく手のかからない子だが、それでも今の作兵衛には重荷に思えた。

おせんとの間に授かった子だからと大事に育ててきたが、おせんがいないのでは可愛いという気持ちすら保てない。

作兵衛は囲炉裏を背にして寝そべると、また弥太郎を寝かしつけ始めた。今の自分は疲れているのだ、弥太郎と一緒に眠れば明日にはまた頑張れる、と頭の中で自分に言い聞かせて、小さな声でおせんが歌っていた子守唄を口ずさんだ。

嫌な気配だ。弥太郎がまた玉を持っていることが、村人たちの話の種になっているのか。

どこから話が漏れたのかなんて、考えるまでもなかった。弥太郎を連れて井戸に水を汲《く》みに行けば、弥太郎の手の中を覗き込まれる。遠巻きにひそひそ話をされているのを感じる。

ただ、放っておいてほしかった。親切にしてほしいなどとは思っていない。息子と二人静かに暮らしたいだけなのに。

しかし、隣のおかみさんと、村の人々と距離を取るほどに、嫌な目でみられる。

その日も村人たちから逃げるように山に行き、窯場で仕事をしていた。

窯の中の火は既に丸一日燃え続けている。作兵衛は窯の近くの地面に胡坐《あぐら》をかき、膝に弥太郎を乗せて目を瞑《つむ》っていた。その姿は眠っているようだったが、煙の変化を嗅《か》ぎ取ると目を開く。煙の色を見て、炭が焼き上がったと確信する。

弥太郎を籠に寝かせ、炭焼窯の蓋《ふた》を開けた。赤い火の中で、更に赤々と炭が燃え上がっている。先端に金具のついた鉄の棒で炭をかき出し、火の粉と灰が舞い上がる中で目を凝らす。迫ってくる火の熱さはまさに地獄の業火《ごうか》を思わせるものであったが、それを身体で感じるほど心は落ち着いていく。

汗をぬぐう間もなく、手を動かしていた時のことだった。どたどたという足音が近づいてきた。明らかに山を登るのに慣れていない足取りだ。

「おい、そこの者。作兵衛か」

声を掛けられたようだが、今は炭に集中しなければならない。そうだ、と短く答えて、尚も炭をかき出していたが、肩を摑《つか》まれて引き倒された。そこでようやく辺りを見渡すと、見たこともない程立派な身なりをした男が二人、こちらを見下ろしていた。腰から下げている刀で理解する。これが城勤めの侍というものか。若い男は冷たい目でただ作兵衛を見ていたが、年かさの男の方はにやついた凶暴な顔つきで近づいてきた。

作兵衛がゆっくり立ち上がろうとすると、頰を殴りつけられた。重い衝撃とともにまた倒れ込む。

「お前が分不相応な宝玉を持っているということは聞き及んでいる。直《ただ》ちに差し出せば罪には問わん」

「宝玉なんてもっとらん……」

あれは赤子の乳代わりになるだけの玉だ。

作兵衛はなんとか立ち上がってもう一度窯の方に寄って行き、また窯から炭をかき出し始めた。早く取り出して灰をかけて冷まさなければ、すべて燃え尽きてしまう。

背を蹴《け》りつけられて、地面に転がった。顔の真横に熱い炭がある。

みぞおちを踏みつけられて、息もできず悶絶《もんぜつ》した。ぐっと腹に体重を掛けられて、内臓を潰《つぶ》される予感に恐怖する。しかし男はそれ以上せずに作兵衛から足を降ろした。

刀を抜かれないだけありがたいのだろうか、と顔を上げると、男が鉄の棒を拾い上げているのが見えた。熱した窯に入れていたものだ。

まさか――。次の瞬間、先程殴られた頬に棒を押し当てられた。じゅっ、という音とともに、串刺《くしざ》しにされたような痛みが走る。あまりの熱さに逃れようと暴れるが、また踏みつけられて棒を当てられる。あたりに皮と肉が焼ける臭《にお》いが漂った。

作兵衛が痛みに動けなくなった頃、男が棒を投げ捨てた。作兵衛の傍にしゃがみ込む。

「差し出す気になったであろうな、ん？」

どうして放っておいてくれないのだろう。

こいつらにとっては炭が燃え尽きようがどうだっていいのだ。玉が無くなって赤ん坊がひもじい思いをしてもかまわぬのだ。こちらの暮らしなどどうだっていいくせに、ただ美しく輝くというだけでこいつらには役にも立たない黒い玉を取り上げようとしている。

「もう物も言えぬか……そういえば、玉は赤ん坊が持っているという話ではなかったか」

男が辺りを見回す。すぐに弥太郎の寝かされている籠に気が付き、それに近づいて行った。

作兵衛は痛んで上手《うま》く動かない身体をなんとか引きずって、男に縋《すが》った。

「頼む、玉なんていくらでもやるから、弥太郎は」

「汚い手で触るな」

振りほどかれて、蹴りつけられる。男は弥太郎を片手で掴み上げると、その手から玉を取り上げようとした。途端に泣き出す弥太郎は、固く手を握りこんで離そうとしない。

「このっ……」

男が手を挙げたのを見て、作兵衛は飛びつくように間に割り込んだ。耳を殴りつけられて、頭が揺さぶられる。強烈な吐き気を何とか飲み込んで、弥太郎を腕の中に入れた。

「弥太郎、離せ。命の方が大事だ」

弥太郎を腕で囲うようにして、地面に倒れ伏す。弥太郎の手に指を入れれば、あっさりと玉を手放した。

「これが欲しいんだろう、早く持って行ってくれ」

腕を伸ばして玉を差し出せば、奪い取った男が陽にかざして確かめた。

「さっさと渡せばいいものを」

そう吐き捨てて、作兵衛のわき腹を蹴りつけ、ようやく立ち去った。

荒い呼吸の合間に見上げると、一度も手を出さなかった若い男が、何の感情も込められていない目で作兵衛を見下ろしている。

その目つきにこそ、作兵衛は絶望する。弥太郎が、いつまでも泣き続けていた。

腕の中の赤子を揺らさぬように、身体に密着させて抱きしめ、走っていく。

いつだって何かが起こるのは夕暮れで、いつだって山を登っていくのは満月の夜だから、灯りなど持たずに走り出しても、なんとか辿り着ける。

泣き続ける弥太郎の呼吸と同じくらい、作兵衛の鼓動も速い。全身がずきずきと痛む。こめかみに脈打つ感覚を意識しながら、今の自分の感情を推し量る。

また玉を奪われて悔しいのか。誰が言いふらしたのかを考えて憎らしいのか。弥太郎が泣くのが悲しいのか。それを口実におせんに会えるのが嬉《うれ》しいのか。しかしそれ以上に、何か恐ろしい、得体のしれないことが起こりそうな予感がひたひたと胸の内に広がる。

木々をかき分け、倒れこむように泉の傍に跪くと、泉の中に突き出した岩におせんが背を向けて腰かけているのが見えた。

息を切らしながらおせんの名を呼んだが、おせんは振り向かなかった。

「どうしました、貴方。また悲しいことがあったのですか」

「すまん、また……玉を奪われてしまった。殿様の使いが来て、持って行ってしまった」

作兵衛がそう言うと、おせんが振り返った。

鱗に覆われた肌。両目を閉じたままちろりと舌を出して唇を舐めるその姿は、何かを探ろうとしているようだった。

「怪我《けが》をしているのですか」

「あ、ああ……」

答えたが、作兵衛は自分でも、どれほど怪我をしているのか解らなかった。ただ焼かれた頬がひきつれたように熱い。腹の奥が腐っていくようにじくじくと痛む。

「もう少し、こちらに来てください」

おせんは岩から降りた。作兵衛もよろめきながら立ち上がり、泉に足をつける。膝まで水に浸かったところでおせんの前に辿り着く。

おせんが白い鱗に覆われた手を伸ばしてくる。目を閉じたまま、確かめるように作兵衛の顔を触る。

硬く滑らかな手の表面が頬を撫《な》でたとき、引っかかるような感覚とともに鋭い痛みが走った。

「酷《ひど》い、貴方にこんなことをするなんて」

「いや、大したことはないのだ。それよりおせん、弥太郎を抱いてやってくれ」

弥太郎はしゃくりあげるように泣いていて、呼吸をきちんとできているか心配になる。

おせんは作兵衛の肩を辿るように触って、弥太郎の頭に触れた。しかし抱こうとはせず、ただ額を撫でるその手つきを見て、作兵衛は気づいてしまった。

「おせん、お前……目が見えんのか」

おせんはずっと目を瞑っているから、きめ細かな鱗で覆われた瞼の際《きわ》に、黒く長い睫毛が並んでいるのがよく見える。

「ええ、二つしかなかったものですから。もう弥太郎にあげられるものは無いのです」

そしておせんは瞼を開いた。その下はただ虚《うつ》ろな闇と乾いた肉が見えるだけだ。それを見た瞬間に、作兵衛の中で淀んでいた想《おも》いが決壊して、涙となって溢れだした。

「すまん、そんな、こととは知らず、むごいことをしてしまった……」

「ああ、泣かないで。貴方が泣くのがいっとう辛い」

おせんが弥太郎ごと抱きしめるように、作兵衛を引き寄せてしがみついた。

母親の心音を間近に感じて安心したのか弥太郎はたちまちに泣き止んでしまったが、作兵衛の涙はいつまで経っても止まらない。

おせんは指先で作兵衛の涙を拭うと、囁《ささや》いた。

「もう、心配はいりませんよ。私の子と夫を泣かせた酷い人達は、きっと懲《こ》らしめてやりますからね」

そしてにっこりと笑う。どういう意味かと問う前に、おせんは畳みかけた。

「さあ、この山の一番上まで登ってください」

泉の水が、大きくうねった気がした。ぎょっとして見ている間に、泉の水が渦を巻いていく。

「早く！　走って！」

おせんが厳しい声で叫ぶから、作兵衛は弾《はじ》かれたように足を動かして泉から抜け出した。

激しい水の音を背に聞きながら、弥太郎を抱えなおして走り出す。こんな時なのに、弥太郎が前よりずっと重くなったことが気になった。

木々を踏み分けて走っていく。ちらと振り返れば、水が溢れんばかりに満ちて膨らんで見える。その中心にいる真っ白な大蛇は月明かりを強く照り返して輝いていた。人の何倍もありそうな大蛇が長い身体をもたげると、弾けるように水が溢れだし、山の斜面を流れ落ちていく。あんな小さな泉のどこにそんな量の水があったのか、大木をいくつも押し流していく。

足を止めればどうなるかは理解できる。それからは脇目《わきめ》も振らずに走った。

作兵衛の心中は恐怖に荒れ狂っているというのに、弥太郎は泣き疲れたのか眠ってしまったようだった。

山頂に至り、呆然《ぼうぜん》と下界を見下ろす。

濁流が地をさらい、木々を、村を、押し流していく。黒い水がぐねりとうねり、蛇が鼠《ねずみ》を食らうように容易《たやす》く全《すべ》てを飲み込んでいく。

作兵衛が育った村が、そこに住んでいた人々がどうなったか。考えずとも解ってしまう。

やがて月が沈んで、何も見えない闇の中。重たい水の音を聞きながら、弥太郎を抱きしめて立ち尽くす。

いったいどうしてこんな事になってしまったのか。こんな恐ろしいことを本当に、あの可憐《かれん》なばかりの妻がやってのけたのか。

どこで間違ったのだろう。玉を奪われたのが悪いのか。既に道を違《たが》えたおせんに何度も頼ったのが悪いのか。おせんを妻にしたところからか、それとも。

「蛇なんて助けなければよかったのか」

「どうしてそんなことを言うのですか」

背後からおせんの声が聞こえた。振り向いたが何も見えない。ただ、なにか長いものが闇の中で揺れた気がした。

「どうしてそんなことを、言うのですか……ほら、貴方、見てください。喜んでください。悪い人達は皆、沈んでしまいましたよ。村も、城も、何もかも流されてしまったんですよ」

その声は共に暮らしていたころの穏やかさそのままだった。

「そうだ、何もかも、城も、村も……沢山の人が流された、沢山の人が死んだんだぞ、それを解っとるのか」

「ええ、もちろん、解っています。奪っていった城の人達も、玉があることを城に伝えた人達も、殺しました」

殺しました、という言葉がやけに軽く響く。おせんは、作兵衛の妻は、人が死ぬことなど、人を殺すことなどなんとも思わないのだ。

流された村は一つや二つではないはずだ。関係のない人間を殺してしまっても、蛇にとってはどうでもいいことなのだ。

「少し、無茶をしましたから泉が涸《か》れてしまいました。私ももっと深い水の中に帰らなければ」

「行かないでくれ」

作兵衛は考える間もなく叫んだ。そして一瞬戸惑ったが、再び口を開くと言葉がとめどなく溢れていく。

「沢山の人がおらのために、弥太郎のために死んで、どうしてのうのうと生きていけるんだ。こんなことになったというのに、お前は全てに満足しておら達を放り出すっていうのか。無理だ……とても生きていけない。殺してくれ。いっそ食らってくれ」

しばし沈黙が広がって、やがてずるりと重たいものが地面を擦《こす》る音が聞こえた。そしてゆっくりと、長いものが作兵衛の周りを取り囲んでいく。その輪は少しずつ狭まって、滑らかな鱗に覆われた胴体がぎゅっと作兵衛に巻き付いていく。

このまま絞め上げられ、背骨を砕かれて死ぬのだろうか。弥太郎には申し訳ないことをした。親の因果でこんな死に方をするなんて。

頬に細長い、何か濡れたものが触れる。

何も見えないぶん感覚が鋭くなっているから、頬に触れたものが先の割れた舌だと分かって唾《つば》を呑《の》み込む。

やはり丸呑みにされるのだろうか。形ばかりの覚悟を決めて俯く。早く呑み込んで、胃の中で溶かして、全てを無かったことにしてほしい。しかしいつまで経っても呑まれることはなく、尚も穏やかな妻の声が降ってくる。

「本当に、どうしようもなく寂しがりな人ですね」

肩に重いものが乗った。どうも大蛇の鼻先らしい。

「だから私は、弥太郎を産んだのです。私がいなくなった後、貴方が寂しくないように。それだけ、だったのです。赤子などどうでもよかった。けれど貴方の子だから。私と貴方の子だから、今は殺してしまうのが惜しいと思います」

首元にするりと鱗が擦りつけられる。

「ほら、駄々をこねないで。機嫌を直してください。確かに私も殺しすぎたかもしれませんが……蛇の目を、夫を、子を弄《もてあそ》んで報《むく》いを受けない道理はないのです。仕方なかったのですよ」

大量の人の命も、作兵衛にこれから一生付きまとう罪の意識も、大蛇にとっては些《さ》細《さい》な事だ。

「おらは、弥太郎を育てていく自信がない。きっともう、可愛いとすら思えない」

そんな作兵衛の真剣な言葉をくすりと軽く笑う。

「貴方のことですから、そんな心配はいりませんよ。気付いていますか。弥太郎にはもう、母の乳はいらないのですよ。きっと賢い子になって、貴方を助けてくれるでしょう」

蛇の頭が弥太郎の顔に寄せられる。弥太郎は尚も目を覚まさず、寝息を立てているようだ。

「もう夜が明けます。行かなければ。どうか、坊やが健やかに育ち、貴方がもう寂しい思いをしませんように」

その言葉を最後に、蛇の胴体が離れていく。待ってくれと叫んで追いすがったが、おせんはもう止まることなく、長い体を引きずって立ち去って行った。

そして夜が明ける。まぶしい朝日に照らされて、麓《ふもと》はただ水に満たされている。いくつも巻いた巨大な渦がぶつかり合い、次々と形を変えていく。見たことはないが、海というのはきっとこんなものだろう。

弥太郎はようやく目を覚まして、興味深そうに流れていく大きな泡を眺めている。そんな無邪気な姿を見て、一瞬このまま弥太郎を地面に叩きつけてしまいたくなった。この子のためにいったいどれほどの人が死んだのか。いや、弥太郎のせいなどではない。しかしこの子が大きくなってそれを知ったら、一体どう思うのだろう。自分が生まれたことを悔やむのか、それとも母を、父を糾弾するのか。それが無性に怖くなった。

斜面になっているすぐ傍に立ち、腕を伸ばし、弥太郎を宙に持ち上げる。

このまま手を放すだけで、地に頭を打ち付け、転がり落ちて死んでしまうかもしれない。少しの間、その姿勢のまま固まっていたが、結局弥太郎を胸元に抱きなおした。

満月よりずっと明るい日の光が、どこまでも続くような水面を照らして輝いている。

その下には、おびただしい人の死体が沈んでいるのだろう。

作兵衛はそんな光景を見ながらも、家も窯場も流されてしまったこの先を案じていた。

△△△

「で、とっぴんぱらりのぷう、って訳なんだけど、どう思う」

「そうね、いい話だわ」

おたつは着物の袖で水面の花びらを掬《すく》って遊んでいる。

「そう、おたつはいい話だと、思うんだね」

孫一郎がそう呟くと、おたつはようやく顔を上げた。

「いい話でしょう。悪い人は皆沈めることができたし、作兵衛は自分の子と暮らせるもの」

「そのために、沢山の罪のない人を殺しても」

「仕方ないわ。おせんにとっては、夫と子だけだったんだもの」

おたつは手を叩く。

「そうだ。おたつも孫一郎に子をあげるわ」

顔の横で手を合わせて、名案を思い付いたというように声を弾ませた。

「名前は一緒に考えましょう。それで、赤子の世話は孫一郎にさせてあげる。足はあったほうが便利かしら、孫一郎に似ているといいのだけれど」

「そんな、ことを、あたしに望まないでくれ」

おたつの言葉を遮って掌《てのひら》で顔を覆った。石女《うまずめ》、と前の妻、おしげを罵《ののし》った母の罅《ひび》割れた声が頭の中に繰り返し響く。その時おしげはどんな顔をしていた。曖昧に笑って母を宥めるふりをした自分は、どんな言葉で妻を傷つけたのだったか。

庭石の上に蹲《うずくま》っていると、冷たいものが手に触れて、顔から無理やり引き剝がした。目を開ければ、池から這《は》い上がったおたつが、孫一郎の手を握っている。

「孫一郎が欲しいのかな、と思ったのだけれど。ほんとはね、おたつ、赤子なんていらないの。孫一郎だけいればいいの。ほんとよ」

真剣な顔で言い募る。触れた手は魚の体温で、こうして肌を重ねているだけでも熱すぎて辛いはずだった。

「こんな着物だっていらないの。着物を着たら、人になれるような気がしていたのだけれど。泳ぐのに邪魔だし、これを着ていると孫一郎が悲しい顔をするからいらない、いらないわ」

不器用な手つきで着物を脱いで、地面に投げ捨てた。赤い着物に描かれた花々は水に濡れていたから、それだけで土にまみれて無残に汚れてしまう。地に落ちて破れ、土色に染まった桜の花びらが振袖に張り付いた。

「おたつは孫一郎だけいればいいの、それしかいらないの」

おたつがまた孫一郎の手を強く握って、その手の甲に頬を押し付けてくる。その頬があまりに冷たかったから、人肌で火傷《やけど》しないか心配になる。陸に上がった紅白の鱗が、振袖と同じように土に汚れて見えた。

馬㆖うま

婿㆖むこ

桜の木はもう艶々《つやつや》とした葉に覆《おお》われている。おたつと孫一郎は、着物を駄目にしてしまってからもとくに変わりのない日々を過ごしている。池の縁に腕をもたせ掛けて、おたつが訊《き》いた。

「浦島太郎って、いるでしょう。あれは何故《なぜ》お爺《じい》さんになったあと鶴《つる》になったの」

孫一郎は、辺りを漂う黄色い蝶《ちょう》に気を取られながら、浮ついた声色で言った。

「そりゃあもちろん、乙姫《おとひめ》が亀《かめ》だったからだよ。鶴は千年、亀は万年。万年生きる亀と夫婦になろうと思ったら、人の寿命では足りないからね」

「それだと九千年足りないわ」

「そうだねえ。まあ、でも心配いらないよ。今となっては浦島も乙姫も同じ所に夫婦明神として祀《まつ》られているそうだからね。神に寿命もないだろうから、ずっと一緒にいられるさ」

　ふうん……とおたつは納得いかなそうな顔をしている。浦島太郎の話をしてあげた覚えはないから、清吉の母にきいた話を思い出したのだろうか。そんなことを考えていると、草を踏みしめる音が近づいてきた。

　おいねだ。相変わらず狭い歩幅で、馬酔木《あせび》の茂みの間をちょこちょこと近づいてくる。

　孫一郎はおいねがある程度近づいてくるのを待ってから立ち上がった。お八つにしては量が多いよなあ、と思いながらおいねの手から皿を受け取る。

「今日は寿司《すし》か、ありがとう」

　屋台で買って来たのだろうか、大きな皿に握りこぶし程の大きさの寿司が何個も載っている。それを池の近くに差し出すと、おたつが青魚の寿司に手を伸ばした。

　大きく口を開いて夢中で食べているのを見ながら、共食いだな、と思う。おたつがなんでも食べるのはいつものことなので、今更のことなのだが。

　最近のおたつは信じられないほど多く食事を摂《と》る。体つきはまだまだ幼いが、幾分ふっくらしてきているようだ。孫一郎は皿を差し出して次の寿司を取らせた。

　ふと横を見ると、いつもならすぐに立ち去るおいねがまだ棒立ちになっている。

「おいねも食べてくかい」

孫一郎が声をかけても反応せず、黄色い膜が張ったような濁った目で、おたつをひたすらに見つめている。しかし、おたつが三貫目の寿司を食べ終わるころに、ふいと立ち去ってしまった。

何だったんだろう、と思っているうちにおたつは次の寿司を手に取っていた。

あっという間に空になった寿司の皿を手に廊下の角を曲がり、すぐそこにいたおいねにぶつかりそうになってたたらを踏む。おいねはそんな孫一郎の様子など意にも介さず、床を雑巾《ぞうきん》で丁寧に拭《ふ》き続けている。

「ああ、おいね、いつも掃除してくれてありがとう。しかし、そんなに頻繁に拭かなくても十分に綺麗《きれい》じゃないかい。もっとゆっくりしてていいんだよ」

おいねはこちらを見ることすらせず、黙々と掃除を続けている。孫一郎は一つ息を吐くと、会話を諦《あきら》めて廊下を歩きだした。しかし、数歩進んだところで背に声がかかる。

「あれは肉を食らうための歯です」

孫一郎は足を止めて振り返った。おいねは相変わらず床を睨《にら》みながら拭き掃除をしていたが、続く言葉だけは孫一郎に向けられている。

「骨を噛《か》み砕くことだって容易《たやす》いでしょう。決して可愛《かわい》いだけの生き物ではございませんよ」

孫一郎は一拍黙った後、顎《あご》を撫《な》でながら答えた。

「それは、解《わか》っているつもりだよ」

「さようでございますか、余計なことを申しました」

おいねは桶《おけ》の水で雑巾を濯《ゆす》いだ。桶の中の水はまだ透明なままだ。こうして屋敷を磨き上げるのも、孫一郎やおたつの世話を焼くのも、おいねにとっては同じことなのだろう。それ自体に意味があることではなく、その向こうにただ一人を見ている。

おいねの動作がいつもと比べて鈍い気がして、孫一郎はこの場を離れるのを躊躇《ためら》った。壁に背を預けてしゃがみ込むと、適当に話題を振った。

「おいねから見て、おとっつぁんはどんなお人だったんだい」

「さあ、もう思い出せませんが」

おいねはそう答えたきり床掃除を続けていたが、孫一郎がいる位置の床が拭けない事に気が付くとこれ見よがしにため息を吐いた。それでも孫一郎がどかないので、苦々しさを声に滲《にじ》ませる。

「乞《こ》うて妻にした人を恐れ、息子に小遣いだけ与えて、用意した都合のいい屋敷に逃げ込むような。人魚を拾ってきて名までつけたのに、自分で言葉を教えることもできないような。愛妾《あいしょう》に託された息子に商売のことしか教えられないような。そんなお人だったのでございましょう」

なかなか辛辣《しんらつ》だが、庇《かば》える部分は一つもなかった。父親の顔を思い浮かべる。自分とは顔も性分も似ても似つかない立派な商売人だと思っていたのだが、こうも情けない評判を聞くとやはり親子だったのだなという感慨すら湧《わ》いてくる。

「そんな人を近くで見ていて、おいねはどう思ったんだい」

おいねはまた桶の水に雑巾を浸す。やはり水の色は変わらない。

「旦那《だんな》様にとって都合のいいお屋敷は、私にとっても都合がよかった。たまたまですが。おかげさまでここまで生き延びられた。ですから、ええ、感謝しております」

孫一郎がしゃがんでいるすぐ傍の床をおいねが磨くので、孫一郎は身体二つ分だけ横によけた。そうして空いた床を拭き終わると、おいねはようやく顔を上げる。さすがに邪魔だと言われるかなと退散しかけた孫一郎は意外な言葉を聞いた。

「息子達が幸せになってくれれば、と。旦那様はしきりに仰《おっしゃ》っていましたが」

ひきつるように右頬だけを動かして、おいねはまた床を拭き始めた。

「なれそうですか、幸せに」

板張りの床を布で擦《こす》る微《かす》かな音だけが聞こえる。孫一郎は、ずっと手に持っている皿の端を指でなぞった。

「まあ、なんとかなれたらいいなとは、思っているけれど。清吉も自力でどうにかするだろう。しっかりした子だから」

さようですか、とおいねが言って、それきりどちらも喋《しゃべ》らなかった。孫一郎はいよいよ立ち上がって、おいねがこれから磨く廊下を歩いていった。


夕飯の時間を過ぎてもおいねの姿が見えない。掃除が長引いたせいで支度が遅れているのだろうか、と案じながら孫一郎は台所に入った。その途端、床に転がった椀《わん》とそこから流れ出た汁、それに被《かぶ》さるように倒れ込むおいねの姿が見えた。

「おいね、どうしたんだい」

孫一郎は慌《あわ》てて駆け寄った。うつ伏せの身体《からだ》をゆっくり起こして顔を覗《のぞ》き込む。そして怯《ひる》んだ。

泡を吹いている口からは不明瞭《ふめいりょう》な音が漏れている。全身が痙攣《けいれん》して、手が空中をかくように動いた。見開いた瞼《まぶた》の中に見えるのは白目ばかりだったが、右目だけ一瞬ぐりんと回って孫一郎を捉《とら》えた気がしてゾッとする。

そして直感した。これは助からない。

おいねをそっと横向きに寝かせて立ち上がった。とにかく医者を呼びに行かなければ。この状況で動けるのは自分しかいないのだ。

孫一郎は草履《ぞうり》をつっかけて屋敷を飛び出した。何年振りかも解らないほど久し振りの全力で街道を走っていく。道行く人々が何事かと孫一郎を見ている。

ひた走る孫一郎は、汗を額から垂らしながらも、どうせ駄目だろうと頭の隅で考えていた。

木蓮《もくれん》の花が咲いている。寝不足の身に朝の光が眩《まぶ》しくて、手を額の上にかざしているとおたつが言った。

「おいね、死んだの」

「そうだよ。悲しいかい」

「そうね、それなりに」

それなりにでも悲しいと思ってもらえればおいねも浮かばれる、だろうか。するとおたつが手をこちらに伸ばしてきた。

「おいねのところに連れて行って」

池から離れるなどと言い出したのは初めてのことだ。それなりどころではなくおいねに執着していたんじゃないか、と驚いていると、おたつが続ける。

「人が死んだらどうなるのかを見ておきたいの」

黙っておたつの手を取る。池から引き上げて両腕で抱え上げれば、たちまちに着物が濡《ぬ》れてしまった。

先の冬に背が伸びた分、しっかりとした重みを感じる。熱い手がおたつの冷たい肌に触れてしまわないよう気を付けながら、屋敷に向かって庭を歩いた。

おたつを布団《ふとん》の横にそっと下ろす。おたつは水がないのに慣れないようで、不自然な姿勢で座った。そしておいねににじり寄ると、間髪入れず無遠慮に夜着と顔に載せていた白布も剝《は》ぎ取ってしまった。

眠っているような顔、とはとても言えない。見開いた目も、苦し気に歪《ゆが》んだ口も、何度閉じさせても開いてしまうのだ。普段から悪かった顔色は土色に変色して、いつもより頬がたるんで見えた。

おたつはしげしげとその顔を眺めたあとで、顔や首をべたべたと触り、顔を近づけて匂《にお》いを嗅《か》いだりした。終《しま》いには着物まで引っ張って脱がせようとするので、流石《さすが》に止める。

「おたつ、今日日《きょうび》山賊でもそこまでしないよ」

「人って歳《とし》をとって死ぬと、こうなるのね。思ってたよりずっと萎《しな》びて、骨と皮ばっかり。変な臭いもするし。大八郎もこうだったのかしら」

おたつの声は、今までにない程沈んでいた。顔を覗き込むと、今にも泣き出しそうだ。

「おたつね、最近また色んな事が解ってきたの。おたつはきっとね、人より、孫一郎よりずっと長く生きるわ」

おたつは顔を両手で覆って、か細く呟《つぶや》く。

「孫一郎も最後は、こんな風になってしまうのかしら……」

そんなことはない、と答えられないまま、孫一郎はおいねの方を見た。

布団の上に横たわった、小さな遺体が自分の亡骸《なきがら》のように思える。そうなった後、孫一郎が棺桶に入れられた後、おたつはどれくらい生きるのだろう。

八百年より、千年より、ずっと長い刻《とき》ではないかという気がしてならなかった。

真新しい小さな墓石の前に立っていた。暖かい風が吹きわたり、墓場の中央にそびえる楠《くすのき》の葉を揺らしている。馴染《なじ》みの寺の側《そば》にある墓地は線香と土が混ざった匂いがする。

「兄さん、そろそろ行きましょう」

顔を上げれば、上から下まで真っ白な着物を着た清吉がいる。自分も同じ服装だというのは解っているのだが、どうにも見慣れず落ち着かない。

「つつがなく終わって何よりでした」

「ああ……そうだね」

忌中笠《きちゅうがさ》を脱いで手に持った。方々探して親戚《しんせき》らしい人間を見つけたものの、遺体の引き取りを拒まれてしまったのでこちらで小さな葬式を挙げるしかなかったのだ。

「すまなかったね、忙しいのに」

「いえ、私も世話になった方ですから」

清吉も屋敷でおいねと過ごした時期があったのだった。清吉もおたつも小さかった頃。清吉の母が生きていて、父が足しげく通った頃。

廊下で交わした最後の会話を頭の中でなぞる。今思うと、二人ともが死期を悟っていたかのようだった。

「おいねがね、最後に言っていたよ。旦那様がしきりに仰っていた、息子達が幸せになってくれれば、って」

父の言葉が、そのままおいねの遺言になってしまった。一年程世話をしてもらっただけの孫一郎には良いとも悪いとも言えないが、そういう人生だったのだろう。再び墓石を眺めた後、顔を上げると、清吉が酷《ひど》く険しい顔をしていたので驚いた。どうしたかと孫一郎が問う前に、清吉はさっと笑みを浮かべる。

「兄さんは、次に雇う者の当てはあるのですか」

「いや……そんなことは考えちゃいなかったが」

「それはいけません。すぐに手配致しましょう」

「そんな、いいよ。どうせあたしとおたつだけなんだから、手伝いなんてなくたってやっていけるさ」

「兄さんが、料理をする者も掃除をする者も洗濯をする者もなく、暮らしていけると」

そう固い声で言われると難しいような気がしてくるけれど。孫一郎は忌中笠を手に持ったまま腕を組んだ。

「やってやれないことはないさ。だいたい、おたつのことを知って受け入れてくれるような人は中々見つからないだろう」

「そのことですが、以前より考えていたことがありまして」

そこで言葉を区切った清吉が、大きな商談の時によく見せた一分《いちぶ》の隙《すき》も無い笑みを作ったから、孫一郎は続く言葉を警戒した。

「あの魚を人に預けてはどうでしょう」

「……どういう意味だい」

孫一郎が地の底を這《は》うような声で問えば、清吉は右手を広げて答えた。

「最近知り合った方が、珍しい品や動物を集めているらしく、人魚の話をにおわせたら、これが面白い程の食いつきようで」

「おたつを売ろうっていうのか」

「きっと可愛がってくれますよ。それこそ、姫御前もかくやという暮らしを」

「おたつがそんなことを望んでいるとでも」

「望んでいるから、あのような着物などを欲したのではないのですか」

「違う」

おたつが本当に望んでいたのは艶《あで》やかな振袖《ふりそで》などではなかった。しかしそんなことを清吉に言うのも虚《むな》しい気がして、孫一郎はただ顔を伏せた。

「やめないか、墓前でこんな話。とにかくおたつを他所《よそ》にやる気はないから、今後の話はまた屋敷でしよう」

誰とも知れぬ墓の端に沿うように、小さな蟻《あり》が列をなして行き来するのがやけに目につく。また風が吹いて、楠の葉が擦れ合う音がさやかに聞こえた。

「兄さんは知らないからあんな化け物を可愛がっていられるんです」

その声に顔を上げれば、清吉の笑みは奇妙に歪んでいた。喉《のど》を手で押さえて、抑えた恐れと笑いが混ざったような声で続ける。

「湖から引き揚げられたばかりのあれは、醜い獣そのものだった。上体ももっと鱗《うろこ》が張り付いて、魚とも人ともつかない気味の悪い顔をして、世話をしようとした母の腕に食らいついては肉を食いちぎらんばかりだった。本当にあの時死んでいてもおかしくなかったんです。ただの咬《か》み傷とは思えないほどいつまでも血が止まらなくて、大きな痕《あと》が残って。それなのにいつの間にか母に懐《なつ》いて人語を真似《まね》るようになり、顔つきもどんどん人に近くなっていって、私は心底ゾッとしました」

突然距離を詰めてきた清吉に驚き、後ずさろうとしたところで肩を摑《つか》まれた。その表情はもはや泣き笑いのように見える。

「忘れられないんです。母の血で口を濡らして、嬉《うれ》しげに舌舐《な》めずりした姿が。あんなの、兄さんの手には負えませんよ。私は、私は兄さんが心配なんです。大丈夫です。兄さんが一生安楽に暮らせるよう、尽くしますから。それだけでいいのです。兄さんは何もせず、ただ屋敷にいてくれれば」

不器用に眉《まゆ》を寄せるその笑みは、それだけは確かに清吉が童《わらべ》だったころの笑みの面影を残していた。清吉がまだ何か言っているが、まるで頭に入ってこない。摑まれた肩に食い込む痛みが自分のものではないように感じる。

「飼われてるみたいだ」

呟けば、清吉が不意を突かれたように摑む手を緩めた。孫一郎は感情に任せて吐き捨てる。

「どうしてそんなにあたしに拘《こだわ》るんだ。清吉には家族だっているんだから、あたしのことなんて放っておけばいいじゃないか」

「そんな、放っておけませんよ。兄さんはお身体も弱いし」

「いつの話をしてるんだ。清吉が店に来た頃にはあたしはもう遊び歩いてただろう」

「何日も寝込んだ時があったじゃないですか」

あっただろうか、と一瞬動きを止めた。ようやく思い当たって毒気を抜かれる。

「ただのおたふく風邪じゃないか。いい歳してかかったから中々酷かったが」

「私は兄さんが死んだらどうしようかと思いました」

悲痛なほどの清吉の声色に呆気《あっけ》にとられる。なんとなく、こうなった原因が解った気がした。当時小僧で、孫一郎以外に頼れる人間がいないと思い込んでいた清吉には一大事だったのだろう。そうして刷り込みのように、兄に執着した。

孫一郎は緩く首を振って、肩を摑んでいる清吉の手をそっと取り、降ろさせた。

「もう、そんなの忘れていいんだよ。あたしはそんな、たいした人間じゃないんだ」

「忘れません。私にとって兄さんは、優しくして欲しい時に、ただ一人、優しくしてくれた人です」

「清吉には、清吉の幸せを考えて欲しいんだ。おとっつぁんも言ってたみたいに」

「あの、人が。どの面下《つら》げてそんなこと言えるのですか。一人の女を日陰者にして、残った息子は店に置くだけ置いて父親の役目を果たしたような顔をして」

血を吐くような声に、何も言えなかった。同じ父と違う母を持って、弟はきっと、自分よりずっと苦労してきたのだろう。妾腹の子だと後ろ指を指されて、義母には虐《しいた》げられ、店の人々には冷たくされて。父は表立って庇うことをしなかった。

「私は、兄さんさえいてくれればいいんです」

清吉が縋《すが》るような目を向けてくる。優しいような顔をした兄だってそんな状況を変えようとはしなかったのに。眩暈《めまい》がした。

孫一郎は俯いて言葉を探したが、急に言い争うのが面倒になってしまった。一気に冷めた気持ちのまま口を開く。

「なんだか疲れて、しまったね。あたしはご住職にもう一度挨拶《あいさつ》してから帰ろうかな。清吉は先に行っていいよ」

踵《きびす》を返し、誰かの足跡をなぞるように歩く。呼び止める声が背にかかったが、追って来る様子はない。自分が慕う兄はこんな土壇場《どたんば》で逃げ出すような人間なのだと、早く理解して欲しかった。

墓地を出てすぐのところに風雨で角の取れた六地蔵があったので、そのうちの一つに忌中笠を被せ、地蔵の仕草を真似て手を合わせる。何を祈るわけでもなかった。

帰り道で買った天ぷらの串《くし》をおたつに差し出す。おたつは奪うように受け取ると、端から食べていった。

鱚《きす》の天ぷらが口に消えていくのを見て、今日も共食いだな、と思う。

「おいねの葬式はねえ、あっという間だったよ」

白装束を着たままの孫一郎がそう声をかけても、おたつは食べるのに夢中で返事もしない。すっかりおいねの死から立ち直った様子で、食欲を失うこともなかった。

清吉の言葉を思い出す。確かに、おたつはもう孫一郎の手に余るのかもしれない。もうこの先を思い描くこともできない孫一郎と違って、おたつにはいくらでも道がある。

「清吉が」

「何？」

名前を出しただけで、刺々《とげとげ》しい声が飛んできた。その勢いに少し笑ってしまう。

「ううん、ちょっと喧嘩《けんか》しちゃってね。清吉には、あたしのことなんか気にせず、幸せになって欲しいだけなんだけど」

「清吉はまだ甘ったれてるの。今度会ったら叱《しか》っといてあげる」

おたつはふふん、と鼻を鳴らして得意げだ。そうか、頼むよ、と答えるとおたつは満足げに頷《うなず》いて、天ぷらにかじりついた。それをじっと眺めていた孫一郎だったが、やがてぽつりと言った。

「ねえ、おたつ。この池、少し狭いとは思わないかい」

孫一郎はそこで、言葉を詰まらせた。ここから先を言いたくなかった。しかし、おたつのために再び口を開こうとしたところで、おたつに先手を打たれた。

おたつは最後に残った一口分のさつまいもの天ぷらを口に入れて、嚙んで、飲み込んだ後、残った串を孫一郎の手に押し付けた。

「おたつね、ここを出ていこうと思うの。だから、水の沢山あるところに連れて行って」

おたつは決意に満ちた顔をしている。置いていかれる、と思ってしまった。自分が先に言おうとしたくせに。あっさり出ていくと決めた理由を問えば、何故行くのか、行かないでくれ、と縋ってしまいそうだ。無様な姿を晒《さら》したくなくて、引き止める言葉を抑え込んでただ何度も頷いた。

「孫一郎」

「ねえ、孫一郎。最後に、お話しして頂戴《ちょうだい》。人と人以外が夫婦になる話がいいわ」

最後、か。孫一郎は宙を眺めた後、いつも通りの薄い笑みをつくって問いかける。

「おたつ、馬って見たことあるかい」

問いかけると、おたつは首を振った。

「馬ってのはねえ、人間を乗せられるくらい大きくて、重い荷を引いて走れるくらい力持ちな動物のことだよ。今日は、そんな馬と夫婦になった娘の話をしようか」

見上げてくるおたつの姿を刻み付けるように見つめながら、語り始めた。

△△△

麗《うら》らかな日が続き、どの家も田畑の手入れで活気づいている。遠くの山々も木々に蕾《つぼみ》ができて僅《わず》かに赤みがかって見えた。その山の麓《ふもと》まで田んぼが広がっていて、その間に挟まるようにしてぽつりぽつりと家が建っている。

四方で人々が忙しく働く中、おみさという名の娘が一人で馬を操っていた。水を張った後の田を裸足《はだし》で踏みしめ、馬鍬《まぐわ》を引かせている。丁寧に代《しろ》をかき、土をきめ細かくしていく。

足指の間に入ってくる柔らかい泥の感触を楽しみながら、娘は明るい声で言った。

「炭丸《すみまる》どん、もうちょっと左だ」

おみさがそう声をかけると、馬は右耳を立てて、少しばかり左に向きを変えた。

「ああ、それでいいだ」

おみさが小柄だからそう見えるというだけでなく、大きな馬だった。首も足も太く、白い毛並みも艶々として、一目で並みの馬ではないと解る。

誰に鼻先を引かれるでもなく、娘の言葉に従って田を進んでいる。頻《しき》りに話しかける娘を気にして、馬は耳を娘の方に向けていた。

ふと、おみさが足元の土塊《つちくれ》に躓《つまず》いてよろめいた。たちまちに馬が動きを止めて振り返る。

おみさが大丈夫だ、と言い聞かせると、ようやく馬は前を向いて進み始めた。

娘に合わせるような、ゆったりとした歩みだった。


透明な流れに陽が落ち、川底に光の輪を作っている。

その川の浅い所に脚をつけて、馬が目を細めていた。流れていく水の冷たさが、田を進んで熱くなった蹄《ひづめ》を冷ましてくれる。

村の中を流れる広めの川だが、辺りに木々が茂っているので、周りから見えにくい落ち着く場所だった。川べりには水芭蕉《みずばしょう》が咲き誇り、白い一枚の苞《ほう》で天を突いている。

おみさは桶で掬《すく》った水を繰り返し馬の身体にかけて、白い体についた泥を落とした。藁たわしで何度も馬の脚をこする。更に馬の尻尾《しっぽ》を丁寧に水にさらし、手拭《てぬぐ》いで薄い耳の中まで浄《きよ》めていく。

それだけ丁寧にして、馬はようやく元の色を取り戻す。たてがみと首元が僅かばかり灰色がかってはいるが、全体としては目の覚めるような白さだ。

おみさも川の縁に座り、素足を川にさらしながら馬を眺めた。

炭丸がまだ仔馬《こうま》だったころはまさに炭のような黒い毛並みだった。毎年のように色が薄くなってきている。手をかけてやる程に雪のような毛並みに磨きがかかっていくようで面白かった。

おみさはしばらく惚れ惚《ほ》れ《ぼ》と馬を眺めていたが、体が冷えてきたのを感じると立ち上がった。炭丸の鼻面をぽんと叩く。

「帰ろうか、炭丸どん」

馬はそれを聞くと、自分から川を上がった。おみさが全身を拭いてやった後、共に道を歩いていく。

手綱《たづな》も付けられていない馬が大人しくおみさについていくのを見ても、すれ違う村人たちは誰も驚かなかった。

おみさは父がござの上に横になり、いびきをかき始めたのを確かめてから、静かに起き上がった。足音を抑えて、慎重に木戸を開く。そっと家の裏手に回り、厩《うまや》の中に入った。

藁《わら》の上に脚を畳んで寝ていた炭丸が頭を上げ、おみさの方を見る。

「待たせただな、炭丸どん」

おみさが炭丸の鼻面を撫でてやると、気持ちよさそうに目を細めた。

馬の首に触れて、手の平から感じ取れる強靱《きょうじん》な筋肉と太い血管に感嘆のため息を吐く。

「なんで馬って生き物はこんなに綺麗なんだろうなあ」

そう呟くと、炭丸が耳を後ろに倒した。おみさは宥《なだ》めるようにその鼻先を撫でる。

「はは、すまん。馬全部じゃなくて、炭丸どんが特別だ」

馬の額に自分の額を擦りつける。つむじが当たってくすぐったい。

「でも、おらも馬だったらなあ。炭丸どんと似合いの、しっかりした脚の栗毛《くりげ》の馬
……炭丸どんは栗毛が好みだろ、知ってんだぞ、善吉《ぜんきち》どんのとこの栗毛の牝馬《めま》のこと見てたの」

拗《す》ねたように言えば、馬が鼻を鳴らして、頬をおみさの首筋につけた。

「ふふ、くすぐったい」

おみさが身をよじらせると、馬は鼻先をおみさの胸元に突っ込んだ。

「いっつもそれで誤魔化すんだから、ずるい」

おみさは笑いながら、着物をはだけ肘《ひじ》まで下げた。豊かな胸があらわになる。おみ

さは馬の鼻面を走る太い血管を、誘いこむように指でなぞった。

囲炉裏の傍に座り、朝飯を食べる。稗《ひえ》の交ざった雑炊をかき込んでいる時に父が言った。

「おみさ、そろそろお前も嫁に行く年頃だと思うんだが」

おみさは雑炊を吹き冷ます合間にそっけなく返す。

「またその話か。まだ早いって言ってるだろ」

「早《はえ》え訳があるか。お前と同い年のおたまちゃんはとっくに嫁に行ったぞ」

「人と比べたってしょうがねえだ」

「おみさ、俺は心配なんだ。このままじゃ行き遅れちまうぞ。ただでさえ馬とばっかり話してる変わった娘だって言われてんのに」

父は哀れっぽい声を出している。おみさは椀を置くと、父ににじり寄った。そして父の分厚い手を取って言う。

「おらはおっとうを一人にすることの方が心配だ。おっかあも死んで、おらまでいなくなったらおっとうはどうするんだ。炊事も針仕事もできんだろうし、田んぼも手が足りんくなる」

父は息を詰まらせたが、そっとおみさの手を解いた。胸を張って大声を出す。

「そんなもんはどうとでもなる。今日という今日は絆《ほだ》されんぞ。お前のことは和尚《おしょう》さんに相談してあるから、今日はのら仕事が終わったら寺に行って説教してもらえ」

父は押し黙って再び雑炊を食べ始めた。いくらおみさが文句を言っても、反応すらしない。

一度行けば諦めるだろうと思い、おみさは寺を訪ねることにした。

山を少し登った先にある寺の門の前で、おみさは立ちすくんでいた。門の上部に彫り込まれた龍《りゅう》が、おみさを鋭い目つきで見下ろしている。

寺という場所が、あまり好きではなかった。

線香の香りのなか説教されてなんとなく感化されるが、家に帰った後、自分のものでない考えを吹き込まれたことが気持ち悪くなるのだ。

なんとか門を通り過ぎ、境内を歩いていくと、厩があるのが見える。中を覗き込むと、賢そうな顔をした白い馬の像が収められている。その像には紅白の手綱が付けられ、金や赤で複雑な文様の描かれた鞍《くら》が載せられていた。

ここに来る度に気になるのだが、やはり炭丸の方が見目が良い。何もつけずとも様になるのが炭丸だが、こんな風に飾り立てればどんなに美しくなるだろう。

そんなことを考えていると、しゃがれた声がかかった。

「おみさ、いつまでそこにおるんだ。さあ、中に入りなさい」

見知った和尚だ。なんでも、おみさの名を付けたのはこの和尚なのだという。こちらの子供の頃の悪戯《いたずら》をすべて覚えているから、下手にたてつけばおみさも忘れているようなことまで持ち出されて説教される。

仕方なく和尚の後をついて行って階段を上がり、本堂に入った。

一抱えはある香炉に灰が満ちており、いくつも線香が立てられていた。金色の天蓋《てんがい》が長く垂れさがっているのに威圧される。

おみさは和尚に促されるまま座り、堂内の奥に鎮座する木彫りの馬頭観音像に手を合わせた。

三つの顔を憤怒《ふんぬ》の形相にし、八本の腕で剣や斧《おの》をかざしたり、印を結んだりしている。蓮の台《うてな》を踏みしめる姿は堂々としたもので、頭上には馬の顔をかたどった冠が戴《の》せられている。

その像を見ていると、さすがのおみさも背筋を伸ばさなければいけないような気持ちになってくる。

その後は、田の様子はどうだ、父親は元気か、と細かく聞かれる。その間に坊主《ぼうず》が盆に載せた茶を持ってきて、おみさの前に置いた。

本当は本堂で飲み食いをしてはならないことになっているが、和尚は童にひもじい思いをさせては観音様もお怒りになるだろう、とたびたび菓子を配ってくれる。本堂で菓子を食わされている間は童の扱いである。

「お前の父親に泣きつかれてな。お前が馬にばかり構って嫁に行こうとしない、と。あれは確かに立派な馬だな。よく働くし、頭もいいようだ」

炭丸を褒められて悪い気はしない。しかし、和尚はすぐに険しい顔をする。

「だが、あまり馬に入れ込みすぎると良くないことが起こるぞ」

おみさは何も言わず、和尚の鼻の横の大きな黒子《ほくろ》をじっと見て、ただ説教が終わるのを待っている。

「昔、大陸にある国で、お前と同じように馬と仲睦《むつ》まじくしている娘がいた。ある時、娘の父親が戦に行ってしまった時、娘は冗談で、馬にこう言ったそうだ。父を無事に連れて帰ってきたらお前の嫁になってやる、と」

おみさは少し興味を持って、和尚の目を見た。和尚がすかさず菓子の載った盆を少し押してよこした。食べろということだろう。餡《あん》を小麦の衣で包んでひねり、胡麻《ごま》油で揚げた菓子だ。とても固いので気を付けて食べないと歯が傷む。

おみさが菓子を食べ始めたのを見て満足げに頷くと、和尚は話を再開する。説教慣れした和尚の声が堂内に朗々と響く。

「馬はたちまちに父親を連れて帰ってきた。父親は馬と娘の約束を知ると激怒し、馬を射殺《いころ》し、皮を剝いで晒しあげた」

「酷い」

おみさは菓子を齧《かじ》りながら、思わずそう言った。和尚は頷くと、話を続ける。

「娘もそう思ったのかもしれんな。それともただの気まぐれだったのか。とにかく娘がその馬の皮に触れると、馬の皮はたちまちに娘の身体を包みこみ、家を飛び出していった。そして娘と馬は一つになり、蚕《かいこ》に変じると、この世に絹をもたらしたという」

「蚕……」

「そういえば、この村では蚕は育てておらんのだったか。桑の葉を食い、糸を吐く虫だ。川上に大きな木があるだろう。あれが桑だ」

おみさは桑の木を思い描いた。確かに川上の小高い所に、背の高い木がある。赤くて甘酸《あまず》っぱい実が生《な》ることは知っていたが、あれがそんなことの役に立つのか。

「白馬は神仏の乗り物だともいう不可思議で神聖な生き物だ。迂闊《うかつ》なことを言えば、お前のことも攫《さら》っていってしまうかもしれんぞ」

和尚のありがたい言葉にもおみさは答えず、ただ線香の匂いの染《し》みこんだ餡の味を確かめている。お茶で菓子を流し込みながら、和尚の袈裟《けさ》だけを見ていた。

そんな様子を見て取ってか、和尚が幾分ためらいながら言う。

「あのな、お前の父と相談して、炭丸を寺で預かろうかという話も出ている。あれほど素晴らしい白馬はなかなかいないし、うちも馬に縁のある寺だしな。おみさも嫁に行くのに炭丸を連れていくわけにいかんだろう。どうだろうか」

おみさは口を引き結び、ただ首を横に振った。まあ考えといてくれ、と和尚は話を締めくくった。


「炭丸どんを売り飛ばすって、本当だか」

帰るなり、おみさは庭に散らばった薪《まき》を蹴飛《けと》ばしながら父に詰め寄った。薪を割っていたらしい父はたじたじになって、斧の柄を握っている。

「売り飛ばすなんて、そんな。炭丸はうちには過ぎた馬だから、相応《ふさわ》しい所に引き取ってもらうだけだ」

「どうせ色々受け取る約束をしてるんだろ」

「そりゃあまあ、炭丸をただ渡してしまっては暮らしが立ち行かなくなるから、多少お恵みを頂く約束にはなっているが」

「それを売り飛ばすと言うんだ」

おみさは大股《おおまた》で父の横を通り過ぎた。

「今夜は厩で寝る」

追いすがろうとする父の手を振り払う。巣に帰っていくカラスの鳴き声が、頭上から降り注いだ。

頭の中に、寺で大事にされる炭丸の姿が浮かび上がってくる。紅白の手綱を付けられ、赤と金の鞍を載せられた炭丸。もう田で脚を汚すことも、重い荷を引くこともなく、村人に供えられた上質な藁や菜を食べて暮らしていける。

その方が炭丸にとっていいかもしれないが、認めたくなかった。いつまでも炭丸と一緒に田を耕して暮らしていきたかった。

おみさは脚を畳んで寝そべる炭丸の腹に、裸の身体をもたせ掛けていた。

厩に開けられた小窓から月の光が差し込んで、おみさの低い背に似合わない豊かな胸と腰が照らし出されている。

「それでその馬の皮と娘は一つになって、蚕とかいう虫になったんだと」

おみさは、和尚から聞いた話をそのまま炭丸に聞かせている。

炭丸は真剣に聞いているようで、ピンと立てた耳をそちらに向けていた。

「だから馬に構うなって和尚は言ったんだが……おらは別に、悪い話だとは思わなかった。馬と人、あまりにも違う形だと思っていたが、溶けあって一緒になれるなら……」

炭丸がぶるる、と鼻を鳴らした。おみさは炭丸の肩の筋肉の形を確かめるように撫でながら言う。

「な、炭丸どん。おらたちはもう夫婦だろ。炭丸どんを寺になんかやるもんか。どうしても炭丸どんが遠くに行かなきゃならなくなった時は、おらも連れて行ってくれ」

馬の方が先に死んでしまうことを、常々悲しく思っていた。和尚に話を聴いて、むしろ希望が湧いてきた。

ふ、と影が差した。そちらを見たが、元のように光が差し込んでいるだけだ。月を一瞬雲が隠したのだろうか、と思いながら再び厩の中の炭丸を見つめた。

昼に菓子を食べて以来なにも胃の腑《ふ》にいれていないから、先程から腹が小さく音を立てているが、その空腹感で身体が軽くなるような感覚が心地よかった。

厩を支える柱の上部に、猿の頭骨が掛けられているのが見える。童のころはあれが怖くて、厩に入るたびに泣いていた。

あの猿は自然に死んだのだろうか、人に殺されたのだろうか。成すすべもなく捕らえられて人に殺されたのならば、何故そんな哀れな獣が祀られるに足る存在になるのだろう。

あんなちっぽけな猿の頭が馬の守り神になるのであれば、人馬が神になるのも当然だと思えた。その目鼻の部分に穴が開いた塊に、炭丸とずっと共にいられるよう祈った。


翌朝おみさは、奇妙な音で目覚めた。

土間に座り込んだ父が、斧を研いでいるらしい。

「どうしただ、おっとう。こんな朝っぱらから」

声をかけても答えがない。前に回り込んでぎょっとした。

斧を見つめて一心不乱に手を動かしている。目の下の隈《くま》が酷い。

「何を、しとるんだ、おっとう」

おみさはむりやり父親の視界に入りこんで斧を研ぐ手を摑んだが、それでは父の手は止まらなかった。

父はおみさに手を摑まれたまま、四角い砥石《といし》に斧の刃を滑らせ続ける。瞬《まばた》きもしないその目が血走っているのを見て、ぞっとしたおみさは手を離した。

「おっとう……どうしただ、なあ、もう十分研げとるだろ、なあ」

呼びかけても変わらない。あまりに異様な様子に怖くなり、おみさは平手で父を殴った。

ばしっ、と鋭い音がして、ようやく父が動きを止める。目を泳がせて、ついにおみさの顔を見た。おみさはほっとして、父の両肩に手を置く。

「何しとるんだ、おっとう、具合でも悪いだか」

父が斧から手を離した。がらん、と派手な音を立てて斧が落ちる。ぎこちない動きで指を開いたり閉じたりしながら、父は言う。

「昨夜はちょっと……眠れなくて。道具の手入れをしていたんだ」

「やっぱり具合が悪いんでねえか、田んぼのことはおらに任せて、今日は寝てた方がいいだ」

斧をそっと取り上げて、土間の隅に置く。父を茶の間に押し込んで、囲炉裏の横に敷いたござの上に寝かせた。

「何か食べられるか」

「いや……何もいらん」

父はそう言うと、横向きに丸まってしまった。額を触ってみるが、熱はないようだ。風邪も殆《ほとん》どひかないような人がこんなに弱ってしまうとはどうしたことだろう。昨日、炭丸のことで喧嘩したのがそんなにこたえているのか。

おみさは父が眠るまで、その背を優しくさすり続けた。


手を水にさらして念入りに冷やす。水の流れを不用意に乱さないよう、大きな岩に近づいていく。ぬるぬるとした藻《も》で滑らないように足を踏ん張り、そっと岩の下を覗き込むと、魚の尾が揺らめいているのが見えた。

ゆっくりと手を近づけていき、尾に触れられそうなくらいになったところで、手を素早く動かした。

一瞬胴体を摑んだかに思えたが、するりと手からすり抜けて行ってしまった。

また獲《と》れなかった。ため息をついて顔を上げると、炭丸が呑気《のんき》に川沿いの草を食べていた。

おみさは疲労の溜《た》まった足を川から上げると、炭丸に話しかけた。

「炭丸どん、少しは手伝ってほしいだ」

炭丸は知らん顔で草を食《は》み、尻尾を左右に揺らしている。おみさはしゃがみ込んで、川の近くに生えている桑の木を見上げた。

丁度花が咲く季節のようで、濃緑の葉の隙間を埋めるように、糸くずのような白い花が咲いている。これがもう少し経《た》つと赤い実に変わるのだ。

おみさにも解っていた。こんな所で魚を追いかけまわすよりも、帰って父の様子を見てやった方がいい。手摑みで魚を獲るのは得意ではないし、水中に罠《わな》を仕掛ける余裕もなかった。

それでも今朝見た、斧を研ぐ父の顔を思い出すと帰る気になれないのだ。

もう農作業も済ませ、炭丸の脚も洗い終わった。食欲がない父に好物の魚を食わせてやりたい、という口実で家に帰るのを先延ばしにしているだけだ。

「おっとうはどうしちまったんだろうなあ」

呟くと、炭丸が首を持ち上げた。

「おらはおっとうも炭丸どんも元気で、一緒に暮らせればそれでええだ。それだけしか望まんのだが」

他所に嫁に行ってもそれは叶《かな》わない。なんとか、父におみさと炭丸の仲を認めてもらえたらそれが一番良い。

「炭丸どん、おっとうと仲良くして、言うことをきいてやってくれよ」

炭丸の鼻面を撫でる。滑らかな被毛《ひもう》が手の平にあたって心地いい。

「今夜は厩の方にはいけねえだ。おっとうの傍にいてやらねば」

炭丸に言い聞かせた後、立ち上がってまた川に足を入れた。足の間を清らかな流れが過ぎていく。もう少しだけ粘って、捕まえられないようなら潔《いさぎよ》く帰ろうと思った。

結局夕方まで粘ってしまったが、そのかいあって魚を一匹捕まえることができた。側面に斑点《はんてん》のある、小さな魚だ。串に刺して囲炉裏で塩焼きにすればさぞ美味《うま》いだろう。

炭丸を厩に入れて立ち去ろうとすると、袖《そで》を引かれた。見れば、炭丸がおすみの着物の袖を咥《くわ》えている。

「どうしただ、仔馬の頃みたいだな」

おみさは炭丸の鼻面を両手で包んだ。額のつむじに息がかかるような近さで囁《ささや》く。

「甘えただなあ、一晩離れるだけだ」

しかし炭丸はいやいやをするように袖を咥えたまま首を振った。おみさは自由が利《き》くほうの手を炭丸の首に伸ばし、耳の付け根に口づけた。馬特有の、渋いような獣臭さが心を落ち着かせてくれる。

「寂しがることはねえ。もう一回約束するだ。何があってもおらと炭丸どんはずっと一緒だ」

耳元でそう言い聞かせると、炭丸はようやく袖を離した。袖は皺《しわ》になった上に唾液《だえき》で濡れていた。

「もう、仕方ない仔馬どんだな」

炭丸が申し訳なさそうにこうべを垂れているのが可愛くて、つい甘い声を出してしまう。

長い睫毛《まつげ》の奥にある、炭丸の黒い目が、おみさの姿を鮮明に映していた。

家に入って茶の間に上がると、座り込んだ父が囲炉裏の火をぼんやりと見ていた。薪が足されたばかりのようで、勢いよく燃えた炎がぱちぱちと火花を散らしている。煙が立ち込めて、天井をいぶしていた。

火の番をするくらいの元気は回復したんだな、と思いながら声をかけようとしたが、父の方が先に口を開く。

「こんな時刻まで何をしとったんだ」

今まで聞いたことも無いような暗い声だった。あっけにとられておみさは何も言えない。

「人が寝込んどるのをいいことに馬といちゃついとったんだろう」

「その言い草は流石に酷いんでねえだか」

おみさは強く言って、魚の入ったびくを父親の前に投げ出した。もはや息絶えた魚が、びくの中で揺れた。

「おっとうに美味いもんを食わせてやりたいと思って、魚を獲ってきただ。遅くなって悪かった」

父親は、びくをゆっくりと拾い上げると、中を覗き込んで、ようやくおみさの顔を見た。

「これを、おみさが？」

頷く。広がる沈黙の中、父が滂沱《ぼうだ》と涙を流し始めた。そうかと思えば、床に手をついて頭を下げる。

「すまん……おみさ。本当にすまんかった」

おみさが困惑していると、父はぼろぼろと涙を零《こぼ》しながら、堰《せき》を切ったように語りだした。

「おっかあが死んでから、本当に苦労をかけた。自棄《やけ》になって仕事もせず酒ばかり飲んで、本当に不甲斐《ふがい》ない父親だ」

「そんなの、最近は酒も殆ど飲んでねえしちゃんと働いとるだろ」

「挙句の果てに死にかけの駄馬を全財産はたいて買ってきて、世話は全部任せっきりにして……あれが悪かったんだ。馬くらいしか心の拠《よ》り所がなかったんだろ」

「今は炭丸どんも元気で役に立ってくれてるし、もう何の心配事もねえだ。な、謝る必要なんてない」

「おみさは優しい子だなあ、それなのに疑うなんて、すまねえ、おみさのことは俺がちゃあんと守ってやるからなあ」

すまねえ、すまねえ、と繰り返しながら泣く父の背をさすり続ける。よほど心が弱っているようだ。これは明日になったら和尚にでも相談に行かなければならない。

はっと、おみさは目覚めた。もう朝日がそこら中を照らしている時刻のようだ。

一晩中起きて父を見張っていようと思っていたのだが、川に浸《つ》かった疲れもあって眠ってしまったのだ。家じゅう見て回ったが父がいない。あんなに落ち着かない様子で、一体どこに行ってしまったのだろう。

家を出て、辺りを探しても見つからない。隣家で訊《たず》ねても、知らないという言葉が返ってくるばかりだった。そうこうしているうちに、厩も空だということに気が付いた。

父が炭丸を連れて出かけたのか。何のために。

炭丸の世話は全《すべ》ておみさがしているから、父は炭丸に構うことはないし、炭丸も父には懐いていなかった。大人しく言うことを聞いて付いていくとは思えないのだが。

そこまで考えて、気付く。そういえば昨日川で、父の言うことを聞いてやってくれと炭丸に頼んだ気がする。

いや、だから何だというのだ。父が炭丸を連れて散歩に出かけているだけなら何の問題もないではないか。

おみさはそう自分に言い聞かせ、朝飯の支度を始めようとした。しかし結局は何も手につかず、家の前をうろうろして過ごすことになる。

半刻《はんとき》も待ったころだった。

汗だくの父が駆け込んできた。右手に斧を持ち、顔に興奮を滲ませている。

「はは、やった、やったぞ」

「どうした、何があっただ」

慌てて問うが、ついにやった、あの野郎ざまあみろ、などと要領を得ない。ぞわりと嫌な予感がしたから、一番知りたいことを早口で問いかけた。

「炭丸どんを知らねえか。朝からいねえんだ。てっきりおっとうと一緒かと思ったが」

「そうだな、おみさにも見せてやる。あれを見れば目が覚めるはずだ」

父は無理やりおみさの腕を摑むと、おみさを引きずって駆け出した。なんとか付いていきながら、一体どうしたんだ、と何度も問うが父は答えない。

父の横顔には、不自然にぎらついた笑みが張り付いていた。

川沿いに走っていく。よく炭丸の脚を冷やしている辺りも過ぎて更に行くと、大きな桑の木が見えた。昨日より、白い花が多く咲いているようだ。

花に気を取られたあと木の幹を見て、まさか、と思う。

それの形をはっきり認識したとたんに、おみさは喉が裂けるような金切り声を上げた。一気に腰が抜けて歩けなくなる。おみさを見ることも無く進んでいく父に、むりやり地面を引きずられていく。

桑の木に、馬が吊《つ》るされていた。首にぐるぐると巻かれた縄が木の股にかけられている。前脚は浮き、後ろ脚も殆ど地についていない。口から血の泡を吹き、目を飛び出さんばかりに開いて死んでいた。

それを見た瞬間胃がせり上がって、堪える間もなく吐いてしまう。口を押さえる手は意味をなさず、溢《あふ》れ出した吐瀉《としゃ》物が黄色い小さな花の上にぼたぼたと落ちた。目の前が回るようで、気持ち悪くて仕方がない。

「見ろ、おみさ！　おみさを誑《たぶら》かす馬は殺してやったぞ。これでおっかあも安心してくれるなあ」

一体何を言っているのだろう。これが優柔不断で騙《だま》されやすい、優しい父と同じ人物だとは思えなかった。

父は大きく口を開けて笑うと、持っていた斧で馬を吊っていた縄を切った。脚が一瞬木の幹にひっかかったが、すぐに重い音を立てて身体が地面に落ちる。

「炭丸どん」

おみさは叫んで、ふらふらと歩み寄ると、馬の首に縋りついた。

その身体はまだ熱く、首元の灰色の毛並みの上に汗が白く滴《したた》っている。おみさの目から涙が溢れ、顎を汚している胃液と混ざって胸元に落ちていく。

「むごい……むごすぎるなあ、炭丸どん。痛かっただろ、苦しかっただろ。何でこんなことに。これからずっと一緒にいようって言っただろ、何でこんな……何で、こんなことしただ」

おみさは呟きながら父を見上げた。

父は顎を上げて、奇妙に上ずった声で言った。

「何でだあ？　畜生の分際《ぶんざい》で大事な一人娘に手を出したんだから、殺されて当然だろうが。お前らが毎晩厩でなにしとったか、俺が知らんとでも思ったんか」

そしてよく研がれた斧を両手で構えて近づいてくる。

「おみさ、どけ。苦労して魚なんぞ獲りにいかんでいい。これからしばらく、食いきれんほど馬肉が食えるぞ」

おみさはわあっと泣き叫びながら馬の首にしがみついた。そのすぐ横に父が斧を振り下ろす。

どす、と骨肉に斧が刺さる音が間近でする。首から噴き出した血がおみさの横顔にかかった。

何度も斧が振り下ろされる。その間おみさは、血飛沫《ちしぶき》を浴びながらじっと顔を伏せていた。

どうしてこんなことになってしまったのか。父の言うことを聞いて嫁に行けばよかったのか。炭丸を寺にやってしまえばよかったのか。

そう考えて、すぐに否定する。おみさがそんな選択をすることはありえなかった。

一際《ひときわ》大きな衝撃が襲って、馬の首の骨が断ち切られたのだということを悟った。

それから二度、三度と切られただけで、馬の首は胴体から離れた。

顔を上げると、生々しい断面が目に入る。

馬の白い毛並みに、赤い血が広がっていく。

おみさは目をそらし、馬の頬を撫でた。力を失った声で語りかける。

「炭丸どんがいなくなって……これからどうすればいいだ。田を耕すことも、薪を運ぶこともできないでねえか。解っとるだろ、ほかのどんな男だって、炭丸どんには敵《かな》いやしないんだ。こんな急に、置いていかれるなんて」

呟き続けるおみさを馬から引き剝がそうと、父がおみさの肩に手をかけた。それと同時におみさが声をあげる。

「おらも連れて行ってくれるだか」

あまりにも朗らかで場にそぐわない声音だったから、父親は動きを止めた。おみさが大きく頷くたびに、髪から血が滴り落ちていく。馬の首に頬ずりして、満面の笑みを浮かべた。

「そうだな……約束したもんな。ああ、ああ、嬉しいだ、炭丸どんと一緒ならどこにでも行くだ」

　父親はいよいよおみさを引き剝がそうと手に力を込めたがびくともしない。半狂乱で叫ぶ父親を他所に馬の頭が動き、生前と同じようにおみさの顔を舌で舐めた。

　おみさはくすぐったそうに身をよじりながら、一層身体を首に密着させた。途端に、馬の首が浮き上がった。

　いや、それは浮き上がったというより、馬の首に見えない胴体が繋《つな》がっていて、四本の脚で立ち上がったかのような動きだった。

　おみさは馬の首に乗ると、両の太ももで首を挟み、腕を顎の下に回した。たてがみに顔をうずめて匂いを嗅いだ後、馬の耳を甘嚙みする。

　馬の首は鬱陶《うっとう》しがるように耳を振ったが、おみさを振り落とすようなことはしない。

　馬の首はいななき、まるで見えない身体が後ろ脚だけで立ち上がったかのような動きをした。そうして、首を上下させながら、空中を飛んで行く。

　おみさは目を輝かせて、進む先の空を見ている。馬の首は見えない脚で空を駆けるように天高く昇っていき、やがて姿が見えなくなった。

後に残ったのは、斧を握り締めたまま呆然《ぼうぜん》とする父親と、血だまりに沈む白い馬の胴体。

ざあっと風が吹いて、桑の木が葉を揺らした。

△△△

「それで、その馬と娘はオシラサマという神になり、今でも蚕の守り神として祀られているそうだよ」

おたつは、ふうん、と水中で尾をゆらゆらと揺らしている。散ってしまった木蓮の花びらが池に浮いて、おたつの鱗とどちらが白いか競うようだった。

「先日、着物を水浸しにしただろう。あれも絹でできていたんだ。こんな小さな虫が作る、こんな小さな繭《まゆ》から糸をより合わせてつくるからとても貴重なんだよ」

指で蚕の大きさを示しながら力説してみたが、やはりおたつは絹の高価さなどには興味を示さない。

「その、神様とか、仏様っていうのは、とっても偉いんだと思ってたけど。案外簡単になれるのね」

首を切られた馬に跨《また》がって天に昇ることがはたして簡単だろうか。

「まあ、これが神って基準はないからねえ。とてつもなく恐ろしかったりするものが神として崇《あが》められることもある。恨みから祟《たた》って雷を落とした天神様とか、後は疱瘡《いも》神《がみ》みたいに病も神になることがある。そうそう、物も百年経つと神になるらしい。この天ぷらの串も百年大事にすれば神になるかもしれない」

「百年使うの？」

「使わない」

孫一郎は、一度袂《たもと》から取り出した串をまたしまった。おたつは水中で渦を作るように指先を回しながら問いかけてくる。

「じゃあ、おたつも神になれるってこと？」

「なりたいの？」

「そうでもない」

孫一郎は庭に咲いている赤いつつじの花を二つ摘み取って、がくと、中央の糸のような部分を抜き取った。

一つの根元を咥えて、もう一つをおたつに渡す。真似をして咥えたおたつは、甘さに驚いたのか肩をすぼませている。

舐めているうちに根元を齧りだしたので止めて、次の花を渡した。

おたつは孫一郎の真似をしてつつじのがくを外しながら言う。

「神様とかは、興味ないけれど。炭丸とおみさが一緒になれて良かった」

「……そうだね。本当に良かった」

孫一郎は、煙管《きせる》を扱うような指さばきでつつじを咥えながら答えた。おたつはまた次の花を要求してくる。髪に刺してやると黒髪に映えて可愛らしかったが、すぐに外して蜜《みつ》を舐めはじめてしまった。

「でも、なんだか想像がつかない。芋虫なら見たことあるから、蚕に翅《はね》が生えるのはわかるけど。馬なんて見たことない」

「前に蛇や猿の話をしたと思うが、それは見たことあったのかい」

「蛇はたまに庭に入ってくるわ。猿は、大八郎の根付《ねつけ》が猿の形をしていることが多かった」

そういえば父は申年《さるどし》の生まれだった。言われてみればひょうきんな顔の猿の根付をよくつけていた気もする。思いがけず懐かしい気持ちになった。意外とおたつもよく見て覚えているものである。

これ以上言葉では説明しようがないし、都合よく馬の姿が描かれた絵など持っていない。

孫一郎は池の傍の、草が生えていないところを探すと、表面の砂と捨てられたつつじの花びらをどけた。

天ぷらの串で絵を描き始める。何度か描いては消して、ようやく横向きの馬が仕上がった。なかなか上手く描けたと思う。

さすがにつつじを舐めるのに飽きた様子のおたつは、地面に描かれた馬をしげしげと眺めた後、首をひねった。

「本当に、こんな動物がいるの」

「いるんだよ。ほら、人の大きさはこれくらいだ」

馬の横に、人間の背丈を表す縦棒を書き込んだ。

「嘘《うそ》でしょう。大きすぎるわ」

「本当だよ。これだけ大きくて強いから、人を乗せたり荷を運んだりできるんだ」

おたつは池から身を乗り出して真剣に眺めている。

「もっと大きい動物も見たことがある」

「嘘」

「本当だよ」

また地面の砂を払い、童のころに見た象の絵を描いた。おたつに見せると、あからさまな疑いの目を向けてくる。

「こんなのいるわけないわ」

「いるよ。海の向こうの、ずうっと遠い所にいるんだ。あたしが見たのは、寺の裏手でやってる見世物小屋だったが」

おたつならこれから象を見に行くこともできるかもしれないな、と思った。川は海に、遠い国につながっている。どこまでも泳いで旅をすれば、いずれ大陸に辿《たど》り着くだろう。そこまで考えて孫一郎が目を細める間も、おたつは相変わらず難しい顔をして、地面を睨みつけている。

「だってこんな、この……何？」

「鼻だよ。これで物を摑んだりするんだ」

嘘よ、とおたつは口を尖《とが》らせた。自分の方がよほど珍しいということを忘れているようだ。童のころ、父に手を引かれて見に行った見世物小屋を思い出す。

綱の上で飛んだり跳ねたり踊ったりの軽業《かるわざ》。曲独楽《きょくごま》。曲馬《きょくば》。籠《かご》細工。生き人形に大女。

そんな中で孫一郎は、珍獣の類《たぐい》を見るのが好きだった。おたつを見世物小屋において呼び込みをすれば、象や駱駝《らくだ》より人が集まりそうだなと思う。

孫一郎が思い出に浸っている間に、おたつは次の要求をした。

「次は猫を描いて」

「猫？　見たことなかったっけ」

「あるわ。あいつら、勝手に庭に入ってくるの。おたつの庭なのに」

どうやら縄張り意識はしっかりあるらしい。蛇より猫の方に敵意を持っている様子なのは、尻尾を齧られたりした経験でもあるのだろうか。

孫一郎は象の足元に、寝そべって前脚を伸ばしている白猫を描いた。

おたつに見せると、鼻で笑われた。

「孫一郎の絵は信用できない」

そんなに酷いだろうか。とりあえず猫だということくらいは解ると思うのだが。可愛く丸っこく描きすぎて猫だと認識されなかったのだろうか。

「じゃあおたつが描いておくれよ」

天ぷらの串を渡すと、馬の横に描き始める。途中でぺきりと串を折ってしまったので次の串を渡した。

今まで絵を描かせたことがないから酷いものになるだろうと思っていたが、意外にもなんとか不細工な猫に見えなくもないくらいの絵が仕上がった。

「どう、上手いでしょう」

「うん、おたつには敵《かな》わないねえ」

手放しに褒めてやると、おたつは得意そうに笑って、また絵を描き始めた。

どうやら小鳥を描いているらしい。その鳥はやけに脚が短くてすぐに転んでしまいそうだったが、大きな翼で悠々と飛んでいる。その翼をもぎ取ってしまえたら、と一瞬考えた。

「そんなところに鳥を描いたら猫に食べられてしまうよ」

「孫一郎の猫が象に踏みつぶされないかの方が心配だわ」

おたつは次の絵を描き始める。

こうやって軽口を叩きあえるのもあと少しの間だな、と思いながら、おたつが描いているのが何の動物なのかを考えた。

床の間を背にした孫一郎に向かい合い、清吉が真っ直ぐに背を伸ばして座っている。

孫一郎は自分で淹《い》れた茶を啜《すす》り、あまりの苦さに眉を顰《しか》めながら言った。

「おたつが出ていくことになったよ。近いうちにどこへでも泳いでいけるところまで連れていく」

「そうですか」

「売り飛ばせなくて残念、かな」

皮肉を込めて言えば、清吉は心底嬉しそうな声色で返してきた。

「そんなことはありません。新たな門出《かどで》を祝いましょう」

清吉も湯呑《ゆのみ》を口元に運んでいる。よくこんな濃すぎる茶を平然と飲めるものだ、と思いながら孫一郎は言った。

「おたつに、出かけるための着物を作ってやってくれないか。すぐにいらなくなるものだけれど」

ええ、もちろんです、と快諾する清吉になんとなくやるせない気持ちになって、孫一郎は懐《ふところ》に手を入れた。左手で顎を撫でながら、試す声色で問う。

「ねえ清吉、あたしが、ここから出ていくって言ったらどうする」

「出て行ってどうするのですか。自力で金子《きんす》を得ることもできないでしょう」

間髪入れずそう言った清吉が眉を寄せて苦笑する。

確かに、出て行ったところでどうにもならない。お願いすれば居候《いそうろう》させてくれそうな知り合いは何人か思いつくが、それでは今と何も変わらない。下手をしたらわざわざ清吉が連れ戻しに来るかもしれない。

そんなことを考えていると、凄《すさ》まじい水音が聞こえた。何事かと、立ち上がって障子を開けて池を見れば、おたつが繰り返し尾で水を叩いて水柱を上げていた。

「何か、あったのかねえ」

孫一郎は縁側の下にある下駄を引っ張り出して、もたついた手つきでそれを履いた。清吉は動く様子がなかったので放っておいて、のんびりと池に向かって歩いていく。

池の傍に立つと、おたつが無表情のまま依然として水面を叩いていた。

「おたつ、そんなふうに尾を使うと鱗が剝がれてしまうよ」

「清吉を呼んで」

聞く耳を持たない様子だったので、意図が解らないまま客間の方に戻っていった。

おたつが呼んでるよ、と清吉に伝えると、行きたくありません、という答えが返ってきたが、なんとか宥めて縁側の下から下駄をもう一足引っ張り出す。

心底嫌そうな顔で下駄を履いた清吉は、のろのろとした足取りで歩いて行った。冷め切った目でおたつを見下ろす。おたつの方はというと、薄く笑みさえ浮かべてそのまなざしを受け止めていた。

睨み合っているばかりの二人に焦《じ》れて、孫一郎が口を開く。

「おたつ、清吉に何の用かな」

「清吉と話をつけるから、孫一郎はあっちにいってて」

おたつがでたらめな方向を指したから、孫一郎が困惑して清吉の顔を見ると、すうっと目を細めるところだった。

「いいでしょう、兄さんはあちらで待っていて下さい」

客間の方を指さす。孫一郎は状況が解らないまま、無駄に行ったり来たりさせられたな、と思いながら客間に引っ込むことになった。

遠い空から、姿の見えない鳥の声が降ってくる。それをかき消すように、口汚く罵《のの》りあう声が聞こえる。最初のうちは静かに話し合っているようでここまで声が届かなかったが、だんだん大きくなる声量とともに悪口の程度も低くなってきている。今ではまるで童の詮無《せんな》い口喧嘩のようだ。

眠気を抱えたまま縁側に座って眺めていると、清吉が足を引かれて池に落ちた。

「随分仲がよろしいことで」

激しく水を跳ね上げながら、水の中で摑み、引っ掻《か》き、手を振り回している。泳げないわけではないはずだが、足のつかない水の中では清吉の分が悪いだろう。欠伸《あくび》などしながらぼんやり眺めていたが、水中に引きずり込まれた清吉がなかなか上がってこないのを見て、流石に心配になった。こんなことで命を落とされては清吉の妻子に申し訳が立たない。

小走りで池に近づいていき、口の横に手を当てて告げた。

「二人とも、そろそろやめないか」

それに反応しておたつが手を離したようで、水草を髪に絡《から》めた清吉が水面に顔を出す。苦しそうに咳《せ》き込みながら池の縁に縋る姿を見て、かなり危なかったな、と少し焦《あせ》る。

平然と尾を揺らして孫一郎を見上げてくるおたつに言い聞かせた。

「おたつ、あんまり清吉を苛《いじ》めちゃいけないよ」

「兄さんは、黙ってて、ください」

清吉は息も絶え絶えに答えたが、とりあえず手を貸して池から上がらせた。

「何をそんなに喧嘩することがあるの」

しゃがんだまま問う。庭に倒れ込んで浅い呼吸を繰り返す清吉も、頬を膨らませたおたつも答えない。

呆《あき》れ果てて、孫一郎は膝《ひざ》の上で頬杖《ほおづえ》をついた。おいねが語っていた、びしょぬれでずたぼろの大喧嘩を今になって見せて貰《もら》えるとは思っていなかった。

清吉の呼吸が整うのを待っていると、得意げに尾を振り上げて、おたつがようやく口を開く。

「清吉に言ってやったの、兄離れしてせいぜい幸せになりなさいって。妻も赤子もいるんだから、そっちを大事にするといいわって」

それを聞いた清吉が、口元を濡れた袖で拭って吐き捨てる。

「どうせ、ここから出ていく癖に」

「だから清吉は甘いの。なんにも解ってない」

おたつは馬鹿《ばか》にするように目を眇《すが》める。清吉が絡むとおたつは見たことのない顔をする。

「今回もおたつの勝ち。それじゃあ、もう用はないから。清吉はお利口にしてなさいな」

そう言い残すと、おたつはさっさと池の中に潜ってしまった。後には陸で呆然とする人間が二人残される。

「何なんだあのスベタ、ふざけやがって……」

清吉が顔を歪めて言う。おたつが絡むと清吉の口から聞いたことのない言葉が出てくる。

「あたしも、おたつの言う通りだと思うけどねえ」

ぽつりと呟くと、清吉が怯んだように動きを止めた。

「今の清吉には、あたしだけじゃないだろ」

「……そんなの、解ってます。それでも、兄さんに貰った分、返したいと思って何が悪いんですか」

そんなこと考えなくてもいいのに。律儀《りちぎ》というか、真面目というか、執念深いというか。根の部分は昔から変わっていない。そんな頑固さが面白くて、素直に懐いてくるのが可愛くて、気まぐれに構う度に満たされていたのはこちらも同じだったはずだ。

喧《やかま》しい大喧嘩を見て気が緩んだ。近頃、無闇《むやみ》に清吉を恐れすぎていたのかもしれない。大人になって、店を継いで、家庭を持った清吉が自分とはかけ離れた立派な人物のように見えていた。昔と変わらない一途《いちず》な思慕が、重苦しい支配を伴っているような気がしていた。

濡れて破れた着物の襟を合わせることもせず、砂のついた手を悔し気に握り締める清吉を見下ろしていると笑いが込み上げてくる。

「もう、十分すぎるくらいだよ」

幼かった清吉とおたつはこんな大喧嘩を繰り返して母親を取り合って、きっとそこには父もいて、二人を宥めたり叱ったりしたんだろう。そんな幸せな記憶があるなら、清吉はこの先も家族の幸せを見失わずにやっていけるはずだ。

「清吉は、ほんとにいい子だねえ」

清吉が小僧だったころのように、頭をぽん、ぽん、と叩いてやる。何ですか、童扱いして、と清吉が照れたように笑った。

そう遠くない先に、清吉はこうやって息子の頭を撫でてやるのだろうと容易く想像できた。これなら置いていっても大丈夫だな、と胸の内で呟いてすぐにそれを打ち消す。どこにも行く当てなどないくせに、一体何を考えているのだろう。

鯉《こい》姫《ひめ》

おたつを日のあたる縁側に座らせ、この日のために清吉に作らせた真新しい白い紬《つむぎ》の着物を着せた。生地からおたつに選ばせてやったおかげか着付けの間ずっとご機嫌だった。

帯は扇の描かれた黄色いものにしたが、途中できついと言って嫌がるのが目に見えているので、最低限解《ほど》けない程度に緩く結ぶ。裾《すそ》はかなり長めに作ってくれたようだが、それだけでははみ出てしまう尾を孫一郎の紺色《こんいろ》の浴衣《ゆかた》で覆《おお》った。

童女の髪を結う経験はあまりなかったが、見よう見まねで髪を結ってやれば、なんとか頭の上で髪の輪が二つできる稚児髷《ちごまげ》が仕上がった。

油などは使わなかったので随分緩い輪だったが、とりあえず人前に出せるくらいにはなっただろう。昔どこかで見た浦島太郎の絵でも、乙姫《おとひめ》がこんな髪形をしていた。

この時点でおたつは既に退屈しきっていたが、ようやく出かける準備が整っただけである。これから長い時間をじっと動かずに駕籠《かご》に乗っていかなければならないのだ。

「旦那《だんな》、随分久し振りじゃないですか。ええ？　しばらく見ねえうちに可愛《かわい》らしい娘っ子と一緒で。今日はどこに連れていってやるんですかい」

にやにやと笑いながらそう言ったのは、馴染《なじ》みの駕籠かきの甚六《じんろく》であった。

筋骨隆々の大男だが脚が短い。その方が駕籠を運ぶには都合が良いのだろう。他にも三人の若い衆を連れてきていて、皆揃《そろ》いの長い法被《はっぴ》を着ていた。

おたつは自分に向けられた目など気にしない様子で、飛んできた蝶《ちょう》を眺めている。時折手を伸ばすが、本気で捕まえる気はないようだ。

「説明しただろう。親戚《しんせき》から預かっている子を湖見物に連れていくだけだよ」

「はいはい、あっしはわきまえてますからね。ちゃあんとそういう事にしておきます」

差し出してくる手に金子を載せる。下品で油断ならない男だが、多めに払いさえすれば口が堅いことだけは確かだった。

「随分腕が太いのね」

おたつは甚六の腕が気になったようだ。

「これはこれは、お目が高い」

甚六は法被の袖《そで》をめくりあげて、腕を見せつけた。駕籠を担《かつ》ぐ方の肩だけ、こぶのように盛り上がっている。

「まあ、すごい」

おたつが手を伸ばすと、甚六は近づいて腕を触らせた。

「意外と柔らかいのね。何が詰まっているの」

「それはもう、真心がぎっしり」

「下心しか詰まってないだろう。いいからさっさと出かけるよ」

孫一郎が割り込むと、甚六はへいへい、と言いながら下がった。しかし、孫一郎がおたつを抱き上げようとするとまた騒ぎ出す。

「旦那、いくら細っこいお嬢ちゃんだっても、旦那のなよっちい腕じゃ上がらんでしょう。ここはあっしに任せて」

「いいから黙っててくれ」

一蹴《いっしゅう》して、おたつを抱きかかえた。尾が露呈しないよう運ぶのにかなり気を使ったが、そんなことは顔に出さず慎重におたつを駕籠まで運んで座らせる。ちゃんと甚六に頼んで、四方がしっかりと囲われた宝泉寺駕籠を持ってこさせていた。

「狭いわ」

尾を曲げたことが殆《ほとん》ど無いおたつは、案の定文句を言った。

「湖につくまでの間のことだから、我慢しておくれ」

なんとか宥《なだ》めて戸を閉めた。小窓はあるが、これで外からはおたつの姿が見られることはないだろう。

「さあさあ旦那も乗ってください」

甚六がそう言って追い立ててくる。孫一郎がもう一つの方に乗ると、すぐに浮き上がった。

そうして、二つの駕籠は、屋敷の庭から出ていったのだった。

おたつの駕籠は、甚六ともう一人が運んで先を進んでいる。

前の方から、おたつと甚六が大声で話している気配を感じ取りながら、頼むから余計なことは言ってくれるなと祈っていた。

おたつは世間知らずゆえに何を口走るか解《わか》らないし、甚六はあの通り遠慮のない下品な男だ。どこからおたつの正体が漏れるか知れたものではない。

気を揉《も》みながら、半刻程《はんとき》進んだ頃だろうか。まだ街中だというのに駕籠が止まった。

何の言葉もなく降ろされたので駕籠を飛び出す。

「おい、なんで止まるんだ」

甚六は賑《にぎ》わっている茶屋を指さしながら、悪びれもせず答えた。

「お嬢ちゃんがあまりにも疲れたの退屈だのと言うから気の毒になってなあ。聞けば茶屋に入ったこともないっていうじゃねえか。そんな箱入り他じゃ聞いたこともねえよ。さあ、入った入った。ここの団子がまたうまいんだ」

同時に、おたつが駕籠の戸を開け、孫一郎を見上げる。

「おたつ、疲れちゃった。お団子食べてから行きたいわ。ね、いいでしょう」

確かに馴れない駕籠に押し込まれて運ばれるというのは、おたつにとって相当疲れることだろう。

仕方なく、孫一郎はおたつを抱き上げて、茶屋に入っていった。

なるべく店の奥に進み、おたつを座らせた。尻尾《しっぽ》が露《あら》わにならぬよう、念入りに浴衣で覆いなおす。店中の目がおたつに向いている気がして落ち着かない。

駕籠かきの若い衆は少し離れたところに座ったが、甚六が早々とおたつの隣に陣取ってしまったので、孫一郎と三人で同じ長椅子《ながいす》に座ることになった。

全員分の茶と団子を頼んで、ようやく一息つく。

「美味《おい》しいわ。ね、孫一郎」

醤油《しょうゆ》団子とこし餡《あん》団子を交互に食べるおたつをみて、休憩も悪くないかと思う。随分と嬉《うれ》しそうな顔で食べている。初めに会った頃と比べると、かなり表情豊かになったものだ。

急激に寂しさに襲われる。こんな顔を見られるのも今日が最後だ。

「いやあ、喜んでもらえて本当によかった」

甚六はもう六本目の団子を食べている。あれも孫一郎が支払うことになるのだろう。茶屋の勘定くらい構わないといえばそうなのだが、なんとなく癪《しゃく》に障《さわ》る。

「そういやあ、お嬢ちゃんの歯は随分立派だねえ。それで団子は食べにくくねえのかい」

甚六の問いかけに、おたつは平気よ、と尚《なお》も団子に夢中になっている。その口からは時折、尖《とが》った歯が覗《のぞ》いていた。

まずい、と思って甚六の顔を見上げると、にやりと口端をつり上げるのが見えた。

そして手を差し出してくる。

孫一郎は無言で、僅《わず》かばかりの金子をその手に乗せた。いそいそと金子をしまいこむ甚六を見て、この後もたかられるぞと覚悟する。

おたつの正体に薄々感づいていながら、やることが金子の催促というのはある意味無害でありがたいともいえるが。

その間にも、甚六は尚もおたつに話しかけている。

「お嬢ちゃんは旦那と一緒に住んでるのかい」

「ええ、そうよ」

「それはよかった、旦那ときたらいつまでも一人で遊び歩いて、危なっかしいったらなかったんだ。お嬢ちゃんがこの先もずっと旦那といてくれるなら安心だねえ」

おたつはもう屋敷を出て行ってしまうのだ、と孫一郎が言おうとして言えないでいるうちに、さっさとおたつが答えた。

「ええ、おたつは孫一郎とずっと一緒にいるから、何の心配もいらないわ」

それはよかった、と甚六が茶を啜《すす》る。おたつは最後のこし餡団子を口に入れた。孫一郎は混乱して固まっている。

今のおたつの言葉は、どういう意味だろう。屋敷には帰ってこられないというのに、どうして一緒にいるなどと。

もしかして、これから湖に行く意味を解っていないのだろうか。自分で屋敷を出ると言ったことを忘れているのか。それならいっそ、屋敷でまた変わらない日々を過ごそうか。庭で喋《しゃべ》って、笑い合って、来年も再来年も一緒に桜餅《さくらもち》を食べたい。馬鹿《ばか》な。おたつが海の広さを知らないのをいいことに、いつまでも狭い池に閉じ込めていていいはずがない。

「孫一郎、食べないの？　食べないならおたつに頂戴《ちょうだい》」

孫一郎は手つかずの団子の載った皿をおたつの前に押しやった。満面の笑みで団子を頬張るおたつを見ながら、その真意を測りかねていた。

その後も何度か休憩を挟み、ようやく湖についたときにはもう夕方だった。おいねに聞いた話によれば、おたつが引き揚げられたのはここのはずだ。いくつもの川に繋《つな》がっているからどこにでもいけるだろう。

駕籠かきに人がまず来ないであろう湖の裏手に降ろしてもらった。おたつを水際《みずぎわ》の岩の上に座らせてから、駕籠かきには帰ってもらうことにする。

「ええっ、それじゃあ旦那、帰りはどうするんですか」

甚六が大仰に声を上げた。帰りは自分一人になるので歩いても帰れるのだが、流石《さすが》にそんなことは言えない。

「宿に泊まる予定だよ」

「こんな所に旦那がお嬢ちゃんと泊まるような上品な宿がありましたかねえ……」

「多少上品でなくても構いやしないさ」

「いやあ、心配だ。だいたいそんな宿までどうやって行くんですかい。旦那が運んでいくんじゃ途中でへばっちまうだろう。あっしらはいつまででも待ってますから、どうぞ気にせず水辺で遊んでください」

「甚六」

孫一郎は甚六の手を取り、そこに金子を握らせようとした。しかし甚六は手を固く結んで受け取ろうとしない。

太い眉《まゆ》を吊《つ》り上げ、低い声で言った。

「旦那、今まで黙ってましたがね。どういうことなんですかい。こんな時刻に足の悪いお嬢ちゃんを湖まで引っ張ってきて、水遊びには遅すぎるじゃねえか、ええ？　水だってまだまだ冷たいし、泊まる宿も本当は決まってないんだろう。あんたも複雑なお人だが、あの子も訳ありのようだし。まさかあんた、あんなちっこいお嬢ちゃん騙《だま》して、心中でもするつもりじゃないだろうな」

なるほど、甚六はずっとその心配をしていたから、あちこち寄り道してはおたつに話しかけていたのか。

「甚六。お前さん、いい男だねえ」

「茶化さないでくださいよ」

「茶化してなんかいないさ。いくら世を儚（はかな）んだって、おたつを巻き添えにしたりはしないよ。あの子はもっと大きくなって、あたしの知らないずうっと遠くまで行くんだ。その邪魔なんてできるもんか」

孫一郎は甚六の懐《ふところ》にすっと金子を差し入れて、そこをぽんと叩《たた》いた。

「心配いらないから、どうか二人きりにさせてくれ。大事な話をしなきゃならないんだ」

甚六はしばらく渋っていたが、肩を丸めておたつの方に近寄っていくと、哀れっぽく訴えた。

「なあお嬢ちゃん、旦那と二人っきりだと不安だよなあ。いつ追いはぎが出るとも知れねえし、いざって時に用心棒にもなる駕籠屋がいた方がいいだろう?」

「ううん、いらない。帰っていいわ」

ばっさり切り捨てられた甚六は、しょぼくれた様子で帰り支度を始めた。

「旦那、信じてますからね」

最後にそう言い残して、若い衆を引き連れて去っていく。その背中を見送った後、孫一郎はおたつに近づいた。

湖の浅いところに、菖蒲《しょうぶ》の花の群れが咲き誇っている。それを見下ろすおたつは、孫一郎が苦労して結った髪をもう解いてしまっていた。結った跡が付いた長い髪が背に垂れる。帯もするりと引き抜くと、足元の水辺に落としてしまった。

このまま放っておけば帯は流されて行ってしまうだろう。いや、流されてしまっても困らないのだ。もう必要ないのだから。

おたつはするりと肩から着物を落とすと、着物に風を受けて遊びだした。その行動は出会った時から変わらない無邪気なものだというのに、ほっそりとした顎《あご》も、僅かに膨らんだ胸も、くびれて尾に繋がる腰も、出会った時とはまるで違う。

せめて、まだ浴衣にかろうじて隠されているのが尾でなく足であったなら、手放さなくて済んだのにと思う。

「本当に、大きくなったねえ」

「おたつは、もっともっと大きくなるわ」

図らずも、先程の孫一郎と同じことを言った。そして着物を放り投げると、尾にかけていた浴衣も落としてしまった。

伸びやかな白い尾に浮かぶ緋色《ひいろ》の鱗《うろこ》。尾の先は半透明に透き通っている。この尾はきっと水の中にある時が一番美しく見えるのだろう。

その長い尾と、まだ成長途中の人に似た上体が僅かな違和感もなく合わさっているのを見て、これでよかったのだと思う。

おたつが持っているのが二本の足でなく、紅白の尾でよかった。

夕日が一層輝いて、木々に囲まれた湖の表面を赤く染め、金色の光を乱反射させている。

その光はおたつの白い鱗、緋色の鱗一つ一つを浮かび上がらせた。この光が消える前に、別れないといけない。

「おたつはこの湖からどこに行くつもりだい。川をどこまでも上って行って、息をするのも難しい高い山に行くのかい。それとも、どこまでも下っていって、気が遠くなるほど広い海に行くのかい」

「ううん、おたつはね、空に行くの」

おたつは沈んでいく夕日の上にある星を指さして、いたずらっぽく笑った。

「孫一郎と一緒にね」

茶屋でもそんなことを言っていた。もしおたつがここでお別れだということを理解していなかったとしても、突き放さなくてはならない。

「おたつ。あたしは一緒に行けないよ。人は魚と同じようには泳げない」

「孫一郎は泳がなくていいわ」

おたつはさらりとした髪を触りながら、遠い空を見ている。

「おたつね、色々考えたの。猿みたいに、刻み付けたらいいんじゃないかって。尼みたいに何百年も待ったり、何百年をあげちゃったりもできる。つららみたいに刺して、独り占めしちゃうのもいいなって。蛇みたいに、邪魔なもの全部押し流してしまおうかって。馬みたいに、連れて行ってしまえばいいんじゃないかって。でもね、考えれば考えるほど、足りない。どれも足りないわ。それにね、おいねが死んだのを見て、思ったの。美味しくなさそうだなって」

急に、話が変わった。しかしおたつにとってはきちんと繋がっているらしい。

「初めて孫一郎に会った時、今まで会った他の誰とも違うと思った。今なら解るわ。あれは、信じられないくらい美味しそうな匂《にお》いに気づいた瞬間だった。駕籠の中から色んな人を見て、茶屋で色んな人の匂いを知ったけれど、やっぱり孫一郎より美味しそうな人はいなかったわ。嫌。孫一郎が萎《しな》びて、肌に染《し》みが浮き上がって、肉に変な臭《にお》いがつくのは嫌なの。今おたつに食べさせて。それでやっと、おたつと孫一郎は夫婦になれるの」

無茶苦茶だ。しかしおたつが人の肉を食べる生き物だと知って、すべてが腑《ふ》に落ちた。

可愛い顔も、頼りなげに細い上体も、人の真似《まね》をするあどけない声も、全ては人を騙して食らうためのものなのだ。

人を食らう本能が、刷り込まれた夫婦の物語にすり替えられて、こんな歪《いびつ》な求婚が成り立ってしまった。

「一緒に行きましょう。おたつを一人にしないで。一緒に数百年を、数千年を生きて」

おたつが手を差し出してくる。泣き笑いのような表情に、尖った歯が覗いている。

こんな大事な場面で牙《きば》を隠すことを忘れるのでは、この先他の誰もひっかからないだろう。そう思いながら、孫一郎はおたつの手を取った。

おたつはぱっと顔を明るくして、涙を一筋零《ひとすじこぼ》した。そして湖に飛び込んで、孫一郎を冷たい水の中に引きずり込んだ。

突然のことに息を止めることも忘れ、まともに水を飲み込む。

凄《すさ》まじい勢いで泳いでいくおたつに引かれて、水を切り裂いて進んでいく。着物に重たく水が纏《まと》わりつき、四肢に錘《おもり》が付いたようだった。

肺に入った水が苦しい。高まっていく死の予感に、捨てきれない生への執着が働いて水中でもがく。

しかししっかりと孫一郎を抱きしめたおたつの腕は、獲物を離さない肉食獣の強さで絡《から》みついてくる。意識が遠くなりそうになった時、身体《からだ》が浮上した。

水面から顔を出し、息をしようとする。咳《せ》き込みながら沈まないようにしがみついたおたつの肩はつるりとした肌触りだったが、水中とは思えないほど揺るがなかった。息も絶え絶えに見わたせば、湖の中心だった。ここまで来たら、おたつが手を離しただけでなすすべもなく溺《おぼ》れ死んでしまうだろう。

夕日はもうじき沈むというところで、暗くなってきた辺りに、名残りのような淡い光が満ちている。

「孫一郎」

おたつの呼びかけに、その顔を見ると、満ち足りた様子で目を細めていた。そして孫一郎の首に腕を回して、耳元で囁《ささや》いた。

「幸せね」

「ああ、幸せだ」

水で痛めてしゃがれた喉《のど》で、そう答えた。おたつが水に濡《ぬ》れて滑る頬を擦りつけてくる。

「おたつはこれから先、孫一郎以外の人は食べないわ」

「そうか……嬉しいよ」

たとえこの先、おたつの気が変わって他の者を食べるとしても、その言葉だけで嬉しい。そんな考えが伝わったのか、おたつが頬を膨らませて孫一郎を睨《にら》んだ。

「本当よ。これから先、おたつは孫一郎の血肉だけで生きていくの。他の何も、おたつを満たせはしないわ」

孫一郎は頷《うなず》いた。何も残せないと思っていたこの身体がおたつを生かすのなら、これ以上の喜びはない。

どうか、骨まで余さず食べてほしい。そんな祈りのような気持ちとともに口付けた。唇から、体温の低さが伝わってくる。舌を差し入れれば、口内は湖の水と同じ冷たさだった。

尖った歯の形を舌先で確かめていると、おたつが僅かに歯を閉じた。引っかかった舌先が傷ついて、とっさに舌を引けば、おたつの歯が追いすがるように動く。そして激痛が走った。

下唇が引きちぎられる感覚。一瞬のそれは凶暴に脳まで届き、一気に身体を熱くする。ぼたぼたと血が溢《あふ》れて、水面に広がった。

また水中に引きずり込まれ、ようやく呼び起こされた被食者の本能が警鐘を強く鳴らしている。しかしここまできて逃げられるわけがない。

水の中で手足を振り回すほどに、頭を下にして沈んでいく。下唇を失って閉じられない口内に、水が流れ込んでくる。

もがく孫一郎を追い詰めるように、おたつは優雅に尾をひらめかせている。

恐怖に目を見開きながら、今が夜になる前でよかったと思った。赤い光が満ちた水中で獲物を自在に追い詰め、血の臭いに凶暴な笑みを浮かべたおたつは、今まで見たどんなものより美しかった。

死を目前にして感覚が研ぎ澄まされているのか、揺らめく水の中でもおたつの姿がはっきり見える。

おたつは孫一郎の左腕を摑《つか》むと、前腕に嚙《か》みついた。いともたやすく皮が引き裂かれ、肉が露出する。水の中で、赤い煙のように血が溢れた。

狂いそうな痛みの中で最高潮になる死にたくないという単純な思いで、おたつの身体を遠ざけようとする。しかしそんな抵抗はものともせず、おたつは恍惚《こうこつ》の表情で白い脂肪を、赤い肉を齧《かじ》り取っていく。

太い骨が露出する。大切なものに接吻《せっぷん》するように、目を細めてその骨に口をつけた。

それと同時に、おたつの顔に白い鱗が浮き上がっていく。孫一郎は、明滅する意識の中で、それを見ていた。

もう、痛みが解らなくなってきている。ただ、冷たい水に浸《つ》かっているというだけではない寒さに包まれていた。おたつの身体中を鱗が覆っていく。その柄を見ていると、ぼんやりと浮かんでくるものがある。童の頃に父と湖に舟遊びに行って、水面の下に見た紅白の鯉。その模様はこんな風じゃなかったか。そうか、そうだったんだ。あんな小さな魚がここまで、二十年以上も執念深く追いかけてきたのなら逃げられるはずもなかったのだ。それなら、もう、仕方がないか。孫一郎が笑うと、小さな泡が一つ口から逃げていく。

ようやく会えたね、と唇を動かす。おたつは黒い目を輝かせて小さく頷いたが、それでも孫一郎の腕を咥《くわ》えて離さなかった。その尾が、水中をどこまでも伸びていく。蛇のようだ、と思ったが、違う。

背にたてがみのような白い被毛が現われ、おたつの頭から先分かれした角《つの》が生えてくる。それを見て、孫一郎は全《すべ》てを理解する。

龍《りゅう》だ。だから、父は辰《たつ》という名をつけたのだ。そんな簡単なことにも、自分は今まで気付かなかった。

見る間におたつの身体は膨れ上がり、顔つきが変わっていく。鼻が伸び、口が裂け、歯が剝《む》き出しになる。すっかり龍そのものになったおたつの目が相変わらず丸くて可愛かったから、孫一郎は笑ってしまった。

食らいつかれながら、おたつの頭を右腕で抱く。もう片腕では到底抱えられないほど、その頭も首も太かった。

すっかり白い龍になったおたつの額に緋色の丸が浮かんでいるのが愛らしくて、そこを撫《な》でると、硬くて滑らかな鱗の下に弾力を感じる。

もう生きているのが不思議なくらい、意識が薄くなってきている。目を閉じようとしたところで腕を食い千切られた。見る間にまた一回り大きくなったおたつに、全身を咥えられる。

何度目かの急浮上。そしてそのまま、水飛沫《みずしぶき》をあげて昇っていく。

歯の間に挟まれて上下左右に揺さぶられながら、おたつの吐息が全身にかかるのを、上空の風が吹き抜けていくのを感じていた。水中も空中も、息ができないという点では同じだった。

背中に触れる分厚い舌。歯の隙間《すきま》から覗けば、暗い空に浮かぶ星が近くにあるのが見えた。

おたつがこんなにも高い空に昇れるようになったのが、今はただ嬉しかった。食われた腕からは相変わらず血が滴《したた》っておたつの喉に流れていく。気付けば鼻からもぼたぼたと血が滴っていて、まるで脳が鼻から溢れ出しているようだと思った。

いつおたつが口を閉じるかわからない状況で、もはや恐怖はない。このままじわじわと死んでいくのも、突然背骨を折られて内臓ごと噛み砕かれるのも、どちらも悪くないと思った。

できれば美しく成長したおたつの全身を見たいと思ったが、もはや人の視野の狭さで捉《とら》えられる体軀《たいく》ではないだろう。

この先おたつが数百年、数千年生きるのなら、一つになることこそが共にある唯一《ゆいいつ》の手段だ。

おたつの言う通りこれが夫婦になるということならば、真実孫一郎とおたつの幸せの形なのだろう。

揺さぶられて、天地も左右ももうわからない。ただ星明りと思《おぼ》しき光だけが凄まじい速さで飛んでいく。

その光がどんどん滲《にじ》んで、ついには見えなくなるまで、孫一郎は幸せに浸っていた。

「それで、とっぴんぱらりのぷう、というわけだ」

清吉は膝《ひざ》に乗せた孫の顔を覗き込んだ。彦之助《ひこのすけ》という名のその孫は、唇を尖らせる。

「なんか、嘘《うそ》くさい。龍がそのまま空に昇ってっちゃったなら、じっちゃんはどうやってそれを知ったのさ」

八つになったばかりのくせに、なかなか小賢《こざか》しい口を利《き》く。清吉はくく、と笑って答えた。

「解るさ、兄さんの事なら。それに龍もじっちゃんの妹みたいなものだからな」

ふうん、と鼻を鳴らした彦之助は、尚《なお》も納得いかなそうな顔をしている。実際は心中するようなら止めようと隠れて見ていた駕籠かきに、兄が支払った倍額を握らせて聞きだしたのだがそれは言わぬが花だろう。

終

「本当に、酷《ひど》い、勝手な奴らだったが」

全ての顚末《てんまつ》を聞いたときは呆《あき》れ果てた。後始末もなにもかも投げ出して好き勝手に去っていった。

当時を思い出して頰を引きつらせていると、彦之助が不審げにこちらを見上げていた。慌《あわ》てて笑顔を取り繕う。

「とはいえ昔のことだ。今は可愛い孫もいるからな」

柔らかい頰を摑むように大きく撫でてやると、彦之助は唸《うな》りながら迷惑そうに目を閉じた。

孫も三人目となると可愛さだけが募っていく。同じ寺子屋の童《わらべ》に大怪我《けが》をさせたとかでしばらく清吉の住むこの街はずれの隠居屋敷で預かることになったのだが、口は達者だがどちらかというと臆病《おくびょう》な性質のこの子にそんなことができたとは清吉には到底思えなかった。

「もういい、遊んでくる」

彦之助は無理やり腕の中から抜け出して、部屋を出て行ってしまった。ああやってそっけなく去っていくくせに、次の日には新しい話を強請《ねだ》ってくるのだから愛らしいものである。

ばたばたと廊下を走り、下駄を履いて庭を行く後をなんとなく追いかけてみる。いつも広い庭で好きに遊ばせているのだが、一人で退屈しないものだろうか。存外に深い池にさえ落ちなければ、とくに危険もないとは思うが、孫の姿を探していると、近頃使っていない客間の方から聞き慣れない音がした。これは、と思ってそろりと近づいてみると、きゃうん、と仔犬《こいぬ》のような鳴き声と、よしよし、とあやす彦之助の声が耳に入った。

別に隠さずとも犬を拾ってきたくらいで叱《しか》りはしないのだが、と思いながら近づいていく。縁の下に頭を突っ込むようにして、彦之助は仔犬と遊んでいるようだった。

「彦之助、何をしているんだ」

声をかけると、驚いて立ち上がろうとした彦之助が縁板で頭を打った。大きく響いた音に、急いで駆け寄る。

「ああ、ほら、別に怒っているわけじゃない、慌てるな」

頭を押さえる彦之助を縁の下から引っ張り出し、抱きかかえるようにして、ぶつけたらしいところを手で覆った。そこだけ熱を持っている気がする。こぶができてしまうかもしれない。

涙目の彦之助の頭を繰り返し撫でてやっていると、足元に何か温かいものが纏わりついた。例の仔犬か、と思いながら見下ろして動きを止める。

ただの犬とは言い難かった。いや、一点を除けば、そこらを走り回っている雑種と何も変わりはないのだが。丸々とした仔犬の背に生えた、鷲《わし》のように大きな翼を無視することは流石にできない。

清吉はしばらく、ころころと辺りを転がるように走り、自らの翼の重みに振り回されてこける仔犬を呆然《ぼうぜん》と眺めていたが、長く息をつくと、彦之助に向き直って言った。

「元の場所に捨ててきなさい」

彦之助はぶつけた頭の痛みが今頃染みてきたのか、じわりと涙を溢れさせながら答えた。

「元の場所なんてない。空から落ちてきたんだ」

思わず、空を見上げる。目が覚めるような青空に、穏やかに雲が流れていった。

「仕方ない、じっちゃんが山に捨ててくる」

「捨てないで、ちゃんと面倒見るから。羽の裏を怪我してるから、その辺に放り出したら死んじまう」

泣きながら見上げられると弱かった。清吉が仔犬の首根っこを摑んで、翼をめくってみれば、確かに翼の中ほどの羽が酷く抜けて、血が滲んでいる。触れば、仔犬はきゅうん、と哀れっぽく鳴いた。

「こりゃ酷いな。骨は折れていないみたいだが。この犬、いつ拾ったんだ。手当てはしてやったのか」

「昨日。じっちゃんの箪笥《たんす》に入ってた軟膏《なんこう》を塗ってやった」

童にありがちな粗雑な手当てに任せていては助かる命も助からない。まずは血に濡れた翼を洗ってやるべきだろうか。

変なものを拾ってくるのは血筋だな、と考えて嫌な予感がした。仔犬の胴体を掴んで持ち上げる。雄犬だ、と解って安心する。兄を魚にとられて、孫まで犬にとられてはたまらない。

「じっちゃん、シロの羽、治るかなあ」

いつのまにか泣き止《や》んだ彦之助は、仔犬の垂れた耳を撫でながら訊《き》いてくる。

「もう名前をつけちまったのか」

情が移ってしまうではないか。頃合いを見てどこかに捨ててこようと思っているのに。巷《ちまた》では異国から巨大な黒い船がきたとかで大騒ぎ、商いも政《まつりごと》もこれからどうなるかわからないというこんな時に、妙な厄介ごとを背負い込みたくはない。

それなのに嬉しそうに仔犬に頰ずりする孫を見ると強く言えなかった。ひゃうん、と仔犬が鳴いてぺろりと舌を出す。

「羽が治るまでだからな」

自分の言葉通りにはならないだろう。頬を舐《な》められて困ったように笑う彦之助の顔が、遠い日の兄に似ている気がした。

解説——異類婚姻譚史上、最高の恋

大森望

鯉姫婚姻譚《こいひめこんいんたん》。題名のとおり、鯉の姿をした姫（池に棲《す》む、少女のような顔の人魚）が人間の男と結ばれる物語である。

〝婚姻譚〟という、ふだんあまり見かけない言葉が使われているのは、人と人ならざるものが結ばれる説話を意味する民俗学用語〝異類婚姻譚〟に由来する。ギリシャ神話の昔から世界じゅうに伝わる物語類型のひとつ。木下順二の戯曲「夕鶴《ゆうづる》」の下敷きになった「鶴女房」（「鶴の恩返し」）とか、〝蛙化現象《かえるか》〟で突如脚光を浴びたグリム童話の「かえるの王さま」とか、ディズニー・アニメやミュージカルで知られるフランスの「美女と野獣」とか、人間がＡＩに恋をする映画「ｈｅｒ　世界でひとつの彼女」とか、人と人ならざるものの恋愛や結婚を描く物語は、古今東西、枚挙にいとまがない。

日本の現代小説を見渡しても、梨木香歩『家守綺譚《いえもりきたん》』の第一話では庭のサルスベリの木に主人公が懸想《けそう》され、川上弘美『龍宮』に収められた「海馬」では、海馬が人間との間に子をなし、やがて時が満ちて海へと帰っていく。坂崎かおる「電信柱より」(『嘘《うそ》つき姫』所収)の主人公リサは、ある日、仕事先で出会った一本の電信柱と激しい恋に落ちるし、本谷有希子はまさに「異類婚姻譚」という題名の作品で芥川賞を受賞している(人間同士で結婚したはずだったのに、実はたがいに〝異類〟であったことが明らかになる)。

……と、前置きが長くなったが、本書『鯉姫婚姻譚』は、「日本ファンタジーノベル大賞2021」の大賞を受賞した、藍銅《らんどう》ツバメのデビュー作。選考委員や編集者のアドバイスをもとに五カ月かけて大幅に改稿したのち、二〇二二年六月に、新潮社から四六判ソフトカバーの単行本として刊行された。

「ね、おたつね、孫一郎《まごいちろう》と夫婦になってあげようと思うの。嬉《うれ》しいでしょう」

小説は、こんな〝おたつ〟の台詞で始まる。池に棲む〝おたつ〟は、当然、ふつうの少女でも、ふつうの鯉でもない。作中の説明によれば、〈上半身だけなら十をやっと越えたくらいの尋常《じんじょう》な童女に見えるが、その腰骨から下は鯉のような尾鰭《おひれ》がつき、純白の鱗《うろこ》が並ぶ地に鮮やかな緋盤《ひばん》がいくつも浮かんでいる〉。

彼女にプロポーズ（?）された孫一郎のほうは、ごくふつうの人間。呉服屋の長男として生まれたが、もともと商売に向かない性格だったらしく、父親の死後、腹違いの弟で有能な商売人である清吉《せいきち》に店を譲り、二十八歳の若さで楽隠居。父親が隠居生活を送っていた屋敷に引っ越して、のんびり暮らしはじめたばかり。住み込みの老女中のおいねがいるほかは、たまに清吉が訪ねてくるくらいで、人づきあいもほとんどない。その孫一郎が、庭の池に棲む人魚になぜか見初められて——というのが物語の発端になる。

前述のとおり、人間と人間ならざるものとが恋をする物語は、古今東西、膨大に存在するが、その中にあって、『鯉姫婚姻譚』が異彩を放つのは、孫一郎がおたつにせがまれるまま、〝人と人じゃないもの〟が夫婦になる話を語って聞かせるメタ構造を持つところ。

孫一郎バージョンで変奏される「猿婿《さるむこ》」や「八百比丘尼《やおびくに》」や「つらら女」や「蛇女房《へびにょうぼう》」の物語はそれぞれが独特の残酷さとグロテスクさと美しさを持ち、強烈な印象を与える。それらの物語は、日本ファンタジーノベル大賞の名だたる選考委員たちにも高く評価された。選評の一部を抜粋してみよう。

私は、この作品のテーマは「愛の成就」だと思った。それを描くために使われているのが、古くから世界中にある、異類婚の伝説である。それらのお話をちりばめながら、人魚と人間との異類婚の顚末《てんまつ》を描く、という形式がきちんとテーマと嚙《か》み合っていた。人間には、こういう民話や寓話《ぐうわ》を面白く読む回路が備わっているものなんだな、と改めて実感させられた。お話の長さも正しいし、着地もこれしかないという結末で、日本ファンタジーノベル大賞の考えるファンタジーノベルにふさわしい、と思った。（恩田陸）

作中で若隠居の語る物語はいずれも日本の昔話（とくに異類婚姻譚）がベースになっており、グロテスクでホラー風味のアレンジは、昔話が持つ残酷で不気味な力を現代によみがえらせる。ファンタジーであることの強みを生かしているという点では最終候補作の中で一番であり、若旦那《だんな》と人魚をめぐる枠物語の締めくくりは「異類婚姻の成就」として文句のつけようのないものだ。（森見登美彦）

飄々《ひょうひょう》としつつもどこか不気味さを伴った全体的な雰囲気には、具体的なイメージを一方的に押し付けられるような感覚もなく、気がついたらごく自然にこの世界に馴染《なじ》み込めていた。イソップのような古代の寓話や日本昔ばなしは人間にとって日々の教訓が含まれたシュールなメタファーだが、だからなのか自分の想像世界に対する作者の思い入れの気配を感じずに読むことができたのが心地良かった。（ヤマザキマリ）

こうした異類婚姻譚の変奏をはさみつつ、おたつと孫一郎の物語もすこしずつ進展していく。二人のやりとりは、すっとぼけたコントのような楽しさに満ちているが、季節の移り変わりとともにおたつはぐんぐん成長し、二人の関係も微妙に変化しはじめる。

最初のうち孫一郎は、「人と鯉じゃあ夫婦にはなれないよ」「おたつはほら、立派な尾鰭があるだろう。そんな綺麗《きれい》な尾鰭を持ったお嬢さんは鱗の一つも持ってないぼんくらと夫婦になろうなんて情けないことは思わないもんなんだよ。いずれ立派な鰓《えら》のついた若者と見合いでもさせてやるからそれまで待ちなさい」と忠告するが、おたつのほうは「いやよ。孫一郎にする」と言って聞かない。だから孫一郎は、おたつに翻意を促すべく、〝人と人じゃないもの〟の結婚が悲惨な末路をたどる話を次々に語るわけだが、おたつはそれをハッピーエンドと受けとってしまい、二人の解釈は毎度のようにすれ違う。そうしたくりかえしの中にさりげなく結末への伏線が仕込まれているのがこの小説のうまいところ。

たとえば孫一郎は、それこそ池の鯉に餌《えさ》をやるように、おたつにスイカや和菓子や握り飯を与える。そういう愉快な食事シーンも実は周到な計算のもとに配置され、ゴールまでの里程標となっている。人と人じゃないものとの恋は、やっぱり悲劇に終わるのか、それともアクロバティックなハッピーエンドにたどりつくのか。どきどきしながら読み進めた読者は、最後の最後、〝これしかないという結末〟（恩田陸）にほうっとため息をつくことになる。

ちなみに本書は、ジャンル的にはファンタジーに属するのだろうが、おたつは、神話的・超自然的な存在でありながら、生物としての特性や独自のライフサイクルを備えていて（孫一郎の父親や清吉やおいねは、漠然とそのことを意識している）、その点が本書にある種ＳＦ的な説得力を与えている。

実際、この解説のために本書を再読しながら連想したのは、ジェイムズ・ティプトリー・ジュニアが異星生物のライフサイクルを〝異類〟の視点から描いた超絶技巧短篇「愛はさだめ、さだめは死」だった。愛もまた生物学的にプログラムされているという単純な事実を異星生物を通じて（言わば異類同士の婚姻譚として）鮮やかに描いた傑作だが、本書もまた、プログラムされた愛を描く物語だと言えなくもない。それでもなお、〝異類婚姻譚史上、最高の恋〟を成就させた離れわざが、この小説を忘れがたいものにしている。

最後に、著者のプロフィールを簡単に紹介しておく。藍銅ツバメは一九九五年、大阪府枚方《ひらかた》市生まれ。中学から大学までを徳島県で過ごす。徳島大学総合科学部人間文化学科を卒業したのち、東京で図書館に勤めるかたわら、二〇二〇年、「ゲンロン 大森望 SF創作講座」を受講。SF中心の小説講座だが、妖怪をモチーフにした短編を書きつづけ、最終課題として提出した妖怪小説「めめ」で第4回ゲンロンSF新人賞優秀賞を受賞した。

筆名の藍銅はアズライトの和名の藍銅鉱から、ツバメはオスカー・ワイルド『幸福な王子』に出てくるツバメから採ったとのこと。「和樂web」に掲載された著者インタビューによれば、本書を書くうえで参考にしたのは、宮部みゆきの《三島屋変調百物語》シリーズと、畠中恵の《しゃばけ》シリーズだという。とくに、《しゃばけ》については、「私の中で時代物ファンタジーの基礎になっています。母が好きだったもので家に常に最新刊があり、小学生のころから読んでいました。日本ファンタジーノベル大賞に応募しようと思ったのも『しゃばけ』が出た賞だという認識があったからですね。私が今も妖怪ものの話が好きなのは、『しゃばけ』の影響かもしれません」と語っている（聞き手・中野昭子）。言われてみれば、本書の孫一郎には、どことなく《しゃばけ》の病弱な若だんな、一太郎《いちたろう》に通じるところがあるような気もする。

本書で日本ファンタジーノベル大賞を受賞したあとは、地獄を舞台にしたメタバース小説「Niraya」（小説すばる二〇二三年四月号）、現代ものの幻想短編「春荒襖絡繰《はるあれふすまからくり》」（小説新潮二〇二三年六月号）、妖怪小説「ぬっぺっぽうに愛をこめて」（『ＮＯＶＡ　２０２３年夏号』河出文庫）などを発表。図書館勤めを辞めて専業作家になり、二〇二四年には、死神にとり憑《つ》かれた首斬《き》り役人・山田暁右衛門《ぎょうえもん》を描く幕末怪異ファンタジー長編「馬鹿化《ばかば》かし」を〈小説すばる〉に連載し（二月号〜十月号）、二〇二五年には単行本刊行予定。これからの活躍が楽しみだ。

（二〇二四年十一月　翻訳家）

この作品は二〇二一年六月新潮社より刊行された。

森見登美彦著
太陽の塔
日本ファンタジーノベル大賞受賞

巨大な妄想力以外、何も持たぬフラレ大学生が京都の街を無闇に駆け巡る。失恋に枕を濡らした全ての男たちに捧ぐ、爆笑青春巨篇！

森見登美彦著
きつねのはなし

古道具屋から品物を託された青年が訪れた奇妙な屋敷。彼はそこで魔に魅入られたのか。美しく怖しくて愛おしい、漆黒の京都奇譚集。

恩田陸著
六番目の小夜子

ツムラサヨコ。奇妙なゲームが受け継がれる高校に、謎めいた生徒が転校してきた。青春のきらめきを放つ、伝説のモダン・ホラー。

恩田陸著
球形の季節

奇妙な噂が広まり、金平糖のおまじないが流行り、女子高生が消えた。いま確かに何かが大きく変わろうとしていた。学園モダンホラー。

畠中恵著
しゃばけ
日本ファンタジーノベル大賞優秀賞受賞

大店の若だんな一太郎は、めっぽう体が弱い。なのに猟奇事件に巻き込まれ、仲間の妖怪と解決に乗り出すことに。大江戸人情捕物帖。

畠中恵著
ぬしさまへ

毒饅頭に泣く布団。おまけに手代の仁吉に恋人だって？ 病弱若だんな一太郎の周りは妖怪がいっぱい。ついでに難事件もめいっぱい。

酒見賢一著
後宮小説
日本ファンタジーノベル大賞受賞
後宮入りした田舎娘の銀河。奇妙な後宮教育の後、みごと正妃となったが……。中国の架空王朝を舞台に描く奇想天外な物語。

遠田潤子著
月桃夜
日本ファンタジーノベル大賞受賞
薩摩支配下の奄美。無慈悲な神に裁かれる、血のつながらない兄妹の禁断の絆。魔術的な魅力に満ちあふれた、許されざる愛の物語。

高丘哲次著
約束の果て
—黒と紫の国—
日本ファンタジーノベル大賞受賞
風が吹き、紫の花が空へと舞い上がる。少年と少女の約束が、五千年の時を越え、果たされる。空前絶後のボーイ・ミーツ・ガール。

西條奈加著
金春屋ゴメス
日本ファンタジーノベル大賞受賞
近未来の日本に「江戸国」が出現。入国した辰次郎は「金春屋ゴメス」こと長崎奉行馬込播磨守に命じられて、謎の流行病の正体に迫る。

西條奈加著
善人長屋
差配も店子も情に厚いと評判の長屋。実は裏稼業を持つ悪党ばかりが住んでいる。そこへ善人ひとりが飛び込んで……。本格時代小説。

沢村凜著
王都の落伍者
—ソナンと空人1—
荒れた生活を送る青年ソナンは自らの悪事がもとで死に瀕する。だが神の気まぐれで異国へ——。心震わせる傑作ファンタジー第一巻。

小野不由美著

東京異聞

人魂売りに首遣い、さらには闇御前に火炎魔人、魑魅魍魎が跋扈する帝都・東京。夜闇で起こる奇怪な事件を妖しく描く伝奇ミステリ。

小野不由美著

魔性の子
—十二国記—

孤立する少年の周りで相次ぐ事故は、何かの前ぶれなのか。更なる惨劇の果てに明かされるものとは——「十二国記」への戦慄の序章。

越谷オサム著

陽だまりの彼女

彼女がついた、一世一代の嘘。その意味を知ったとき、恋は前代未聞のハッピーエンドへ走り始める——必死で愛しい13年間の恋物語。

小田雅久仁著

本にだって雄と雌があります
Twitter文学賞受賞

本も子どもを作る——。亡き祖父の奇妙な主張を辿ると、そこには時代を超えたある〈秘密〉が隠されていた。大波瀾の長編小説！

清水朔著

奇譚蒐集録
—弔い少女の鎮魂歌—

死者の四肢の骨を抜く奇怪な葬送儀礼。少女たちに現れる呪いの痣《あざ》の正体とは。沖縄の離島に秘められた謎を読み解く民俗学ミステリ。

堀川アサコ著

伯爵と成金
—帝都マユズミ探偵研究所—

伯爵家の次男かつ探偵の黛望《まゆずみのぞみ》と、成金のどら息子かつ助手の牧野心太郎が、昭和初期の耽美と退廃が匂い立つ妖しき四つの謎に挑む。

宮部みゆき著
本所深川ふしぎ草紙
吉川英治文学新人賞受賞

深川七不思議を題材に、下町の人情の機微とささやかな日々の哀歓をミステリー仕立てで描く七編。宮部みゆきワールド時代小説篇。

宮部みゆき著
幻色江戸ごよみ

江戸の市井を生きる人びとの哀歓と、巷の怪異を四季の移り変わりと共にたどる。〝時代小説作家〟宮部みゆきが新境地を開いた12編。

杉浦日向子著
百　物　語

江戸の時代に生きた魑魅魍魎たちと人間の、滑稽でいとおしい姿。懐かしき恐怖を怪異譚集の形をかりて漫画で描いたあやかしの物語。

杉浦日向子著
江戸アルキ帖

日曜の昼下がり、のんびり江戸の町を歩いてみませんか——カラー・イラスト一二七点とエッセイで案内する決定版江戸ガイドブック。

浅田次郎著
憑（つきがみ）神

別所彦四郎は、文武に秀でながら、出世に縁のない貧乏侍。つい、神頼みをしてみたが、あらわれたのは、神は神でも貧乏神だった！

浅田次郎著
赤　猫　異　聞

三人共に戻れば無罪、一人でも逃げれば全員死罪の条件で、火の手の迫る牢屋敷から解き放ちとなった訳ありの重罪人。傑作時代長編。

紺野天龍著

幽世《かくりよ》の薬剤師

薬剤師・空洞《うろ》淵霧瑚《ぶちきりこ》はある日、「幽世」に迷いこむ。そこでは謎の病が蔓延しており……。現役薬剤師が描く異世界×医療ミステリー！

町田そのこ著

コンビニ兄弟
—テンダネス門司港こがね村店—

魔性のフェロモンを持つ名物コンビニ店長（と兄）の元には、今日も悩みを抱えた人たちがやってくる。心温まるお仕事小説登場。

杉井　光著

世界でいちばん透きとおった物語

大御所ミステリ作家の宮内彰吾が死去した。『世界でいちばん透きとおった物語』という彼の遺稿に込められた衝撃の真実とは――。

白河三兎著

冬の朝、そっと担任を突き落とす

校舎の窓から飛び降り自殺した担任教師。追い詰めたのは、このクラスの誰？　痛みを乗り越え成長する高校生たちの罪と贖罪の物語。

浅原ナオト著

今夜、もし僕が死ななければ

「死」が見える力を持った青年には、大切な誰かに訪れる未来も見えてしまう――。愛する人への想いに涙が止まらない、運命《いのち》の物語。

七月隆文著

ケーキ王子の名推理《スペシャリテ》

ドSのパティシエ男子&ケーキ大好き失恋女子が、他人の恋やトラブルもお菓子の知識で鮮やか解決！　胸きゅん青春スペシャリテ。

萩原麻里著

呪殺島の殺人

目の前に遺体、手にはナイフ。犯人は、僕？——陸の孤島となった屋敷で始まる殺人劇。呪術師一族最後の末裔が、密室の謎に挑む！

三川みり著

龍ノ国幻想1 神欺く皇子

皇位を目指す皇子は、実は女！ 一方、その身を偽り生き抜く者たち——命懸けの「嘘」で建国に挑む、男女逆転宮廷ファンタジー。

大神 晃著

天狗屋敷の殺人

遺産争い、棺から消えた遺体、天狗の毒矢。山奥の屋敷で巻き起こる謎に満ちた怪事件。物議を呼んだ新潮ミステリー大賞最終候補作。

江國香織著

つめたいよるに

愛犬の死の翌日、一人の少年と巡り合った女の子の不思議な一日を描く「デューク」、デビュー作「桃子」など、21編を収録した短編集。

小川洋子著

薬指の標本

標本室で働くわたしが、彼にプレゼントされた靴はあまりにもぴったりで……。恋愛の痛みと恍惚を透明感漂う文章で描く珠玉の二篇。

伊与原 新著

月まで三キロ

新田次郎文学賞受賞

わたしもまだ、やり直せるだろうか——。ままならない人生を月や雪が温かく照らし出す。科学の知が背中を押してくれる感涙の6編。

朝井リョウ著
正欲
柴田錬三郎賞受賞

ある死をきっかけに重なり始める人生。だがその繋がりは、〝多様性を尊重する時代〟にとって不都合なものだった。気迫の長編小説。

川上弘美著
ぼくの死体をよろしくたのむ

うしろ姿が美しい男への恋、小さな人を救うため猫と死闘する銀座午後二時。大切な誰かを思う熱情が心に染み渡る、十八篇の物語。

三浦しをん著
きみはポラリス

すべての恋愛は、普通じゃない——誰かを強く大切に思うとき放たれる、宇宙にただひとつの特別な光。最強の恋愛小説短編集。

綿矢りさ著
手のひらの京《みやこ》

京都に生まれ育った奥沢家の三姉妹が経験する、恋と旅立ち。祇園祭、大文字焼き、嵐山の雪——古都を舞台に描かれる愛おしい物語。

梶尾真治著
黄泉がえり

会いたかったあの人が、再び目の前に——。死者の生き返り現象に喜びながらも戸惑う家族。そして行政。「泣けるホラー」、一大巨編。

荻原浩著
押入れのちよ

とり憑かれたいお化け、№1。失業中サラリーマンと不憫な幽霊の同居を描いた表題作他、必死に生きる可笑しさが胸に迫る傑作短編集。

新井素子著
この橋をわたって
人間が知らない猫の使命とは？　いたずらカラスがしゃべった？　裁判長は熊のぬいぐるみ？　ちょっと不思議で心温まる8つの物語。

北村薫著
リセット
昭和二十年、神戸。ひかれあう16歳の真澄と修一は、再会翌日無情な運命に引き裂かれる。巡り合う二つの《時》。想いは時を超えるのか。

森絵都著
あしたのことば
小学校国語教科書に掲載された「帰り道」や、書き下ろし「%」など、言葉をテーマにした9編。すべての人の心に響く珠玉の短編集。

益田ミリ著
マリコ、うまくいくよ
社会人二年目、十二年目、二十年目。同じ職場で働く「マリコ」の名を持つ三人の女性達の葛藤と希望。人気お仕事漫画待望の文庫化。

上田和夫訳
小泉八雲集
明治の日本に失われつつある古く美しく霊的なものを求めつづけた小泉八雲（ラフカディオ・ハーン）の鋭い洞察と情緒に満ちた一巻。

芥川龍之介・泉鏡花
江戸川乱歩・小栗虫太郎
折口信夫・坂口安吾
ほか 著
タナトスの蒐集匣
—耽美幻想作品集—
おぞましい遊戯に耽る男と女を描いた坂口安吾「桜の森の満開の下」ほか、名だたる文豪達による良識や想像力を越えた十の怪作品集。

鯉《こい》姫《ひめ》婚《こん》姻《いん》譚《たん》

新潮文庫　ら-2-1

令和七年二月一日発行

著者　藍《らん》銅《どう》ツバメ

発行者　佐藤隆信

発行所　株式会社　新潮社

郵便番号　一六二―八七一一
東京都新宿区矢来町七一
電話　編集部(〇三)三二六六―五四四〇
　　　読者係(〇三)三二六六―五一一一
https://www.shinchosha.co.jp

組版／新潮社デジタル編集支援室

価格はカバーに表示してあります。

乱丁・落丁本は、ご面倒ですが小社読者係宛ご送付ください。送料小社負担にてお取替えいたします。

印刷・株式会社光邦　製本・株式会社大進堂

ISBN978-4-10-105591-6 C0193